冰 波 个人简介

本名赵冰波,杭州人。国家一级作家,浙江省文联委员,现供职于浙江文学院。1979年开始儿童文学创作,出版童话400余本,2000余单篇,动画片剧本330余集。

主要作品有:《狼蝙蝠》、《月光下的肚肚狼》、《小山神》、《阿笨猫全传》等。

获得荣誉

★ 获全国优秀儿童文学奖(3次)

★ 全国"五个一工程"奖(3次)

★ 国家图书奖(2次)

★ 宋庆龄儿童文学奖(1次)

★ 冰心儿童图书奖、新作奖等(多次)

冰波童话
珍·藏·版 II

月光下的肚肚狼

冰波 著

化学工业出版社
·北京·

图书在版编目(CIP)数据

月光下的肚肚狼/冰波著. —北京：化学工业出版社，2013.7（2019.7重印）

（冰波童话：珍藏版）

ISBN 978-7-122-18168-8

Ⅰ. ①月… Ⅱ. ①冰… Ⅲ. ①童话-作品集-中国-当代 Ⅳ. ①I287.7

中国版本图书馆CIP数据核字（2013）第184903号

责任编辑：李　辉　丁尚林　　　　　责任校对：战河红

出版发行：化学工业出版社（北京市东城区青年湖南街13号　邮政编码100011）
印　　装：大厂聚鑫印刷有限责任公司
880mm×1230mm 1/32　印张 6¼　2019年7月北京第1版第10次印刷

购书咨询：010-64518888　　　　　　售后服务：010-64518899
网　　址：http://www.cip.com.cn
凡购买本书，如有缺损质量问题，本社销售中心负责调换。

定　　价：16.00元　　　　　　　　　　　　　　　版权所有　违者必究

安静的角色

冰 波

读一个故事,有时候记住的不是情节,而是某个角色。我喜欢写什么样的角色呢?

《小青虫的梦》中那只丑丑的青虫,安静地生存,心怀梦想,等待蜕变;

《蓝鲸的眼睛》里那巨大的蓝鲸,安静地浮起和沉入,内心孤独,积攒着蓝色;

《毒蜘蛛之死》里身处绝境的毒蜘蛛,安静地居于树洞,坚守秘密;

《狼蝙蝠》里的狼蝙蝠安静地等待,冰冻几千万年,为了复活。

当我写这些安静的角色时,我的内心很愉悦,因为我喜欢安静。别人喜欢养猫、狗、鸟当宠物,我养的是蚕、虾、蚂蚁,他们都安安静静地待在属于自己的空间里,不制造噪音,也不在匆忙中改变。安静中,他们在悄悄地成长,这是怎样的一种生命状态?

安静不是一潭死水,当然也不是退却,而是等待,是有朝一日的激活。

安静是一种选择,去除不必要的纠缠,拒绝躁动,耐心、简单和纯净地生活,既不示强,也不示弱。

安静是为了给大脑思考的空间,用来回味,安静是为了给心灵足够的憩息,可以萌发。

是哦,丑陋的青虫真的在安静中变成了蝴蝶;蓝鲸在孤独中得以净化;毒蜘蛛身处绝境,在蛰伏中保全了后代;狼蝙蝠等来的是巨大能量的唤醒,而唤醒的巨大能量来自于一个纯净的女孩,因为纯净才能拥有与天地相接的能量。

安静就是这样的一种生存状态,在安静中做自己喜欢的事,在安静中编织自己的梦想,在安静中感受生活的滋味,在安静中展开自己的想象,在安静中凝神静气,迸发奇思妙想。

因此,安静是一件美好的礼物,我希望你拥有这份美好,安静地读一个童话故事:

……一直以来,就有一个神奇的传说,说是有一种出身非常特别的狼,每当到了月圆之夜就会变身,而且变身的时间会不断延长。如果变身的时间延长到二十四小时,也就是一整天,到那个时候,狼就再也不会变回到原来的样子,他将会一直以变出来的样子生活下去……

然后,你也许会说,我又认识了一个安静的角色,它就是——肚肚狼。

目录

可怜可怜肚肚狼……………………001
玉碎先生……………………………005
冥想美好的事物……………………009
月圆之夜……………………………016
神秘的扑满…………………………022
第一次失败…………………………028
多挣钱的方法………………………033
大获成功……………………………037
明天会更好…………………………044
小红鞋的早餐………………………050
被盗的窨井盖………………………057
奖金不如一个窨井盖………………061
又一个月圆之夜……………………068
小红鞋不见了………………………074
第十三家医院………………………079
我想去练唱歌………………………084

目录

沙哑的歌声……………………091
"把黑宝石卖掉!"……………096
动人的歌………………………102
签约歌手………………………106
天籁大剧院……………………110
大失败…………………………116
整整一小时……………………119
《来自天堂的歌声》…………124
高台上的花瓣…………………129
月全食…………………………135

蓝鲸的眼睛……………………140
永远的萨克斯…………………164
火龙……………………………174
猩猩王非比……………………180

可怜可怜肚肚狼

4月22日

　　我有一个梦。我要实现我的梦。我天天在告诉自己：让家族再繁荣起来！——这就是我的梦。

　　肚肚狼坐在地上已经快一天了。

　　"请你说出：自己一生中说得最多的一句话是什么？开始——"

　　因为无聊，肚肚狼就给自己出了这个题目。他在模仿电视里的智力抢答节目。

　　他用手指头在地上按了一下，嘴里发出一个电铃的声音："嘀——"这表示他抢到了这个答题机会。

　　"我一生中说得最多的话，当然是——"肚肚狼吸一口气，然后说：

　　"行行好吧，可怜可怜肚肚狼。"

　　他把这句话，一连说了五遍，才停下来换口气。

　　"这个题目，谁也不可能比我回答得更快，嘿嘿，这个我很在行的。"肚肚狼说。

　　这个他当然在行，因为，肚肚狼是个乞丐。

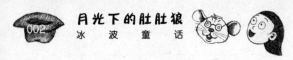

他每天早上都会准时来这个地方,靠着墙角坐下,把帽子朝天放在面前,然后开始上班:

"行行好吧,可怜可怜肚肚狼。"

这是他一生中说得最多,并且还要一直说下去的话。

肚肚狼意犹未尽,又给自己出了一个题目:"请你说出,自己一生中看得最多的东西是什么?开始——"

他又假装自己抢到了题:"嘀——"

"我一生中看得最多的东西,当然是——我面前走来走去的脚。"

正是这样。

肚肚狼总是低着头,看着一双双匆匆忙忙走过的脚,盼望着其中有的脚能停下来;如果真的有脚在他面前停下,他又开始期待这样一个声音:"嘚。"

那是有硬币丢到他的帽子里的声音。肚肚狼不用眼睛看,就能从声音里判断出来,刚刚丢下来的,是一元硬币,还是五角硬币。

肚肚狼觉得这是最美妙的声音。

"嘚。"

这会儿,就有一个声音出现了。有人往他的帽子里丢了一个硬币。

肚肚狼满意地想:"再有几个,我差不多就可以下班了。"

忽然,有一双脚慢慢地走过来,在离肚肚狼很近的地方站住了。那是一双红布鞋,小小的,显然是一个小姑娘的脚。

肚肚狼抬起头来。

那个小姑娘也在看着他。

"你有事吗?"肚肚狼问。

小姑娘摇摇头。

"那你,站在我面前,有事吗?"肚肚狼不知道该怎么问了,他心里想:她挡着我的摊位了。

"你饿吗?"小姑娘忽然问。

"饿?"肚肚狼想了想,"也饿也不饿。说不饿,我干吗坐在这里要饭?说饿,还没到吃饭时间呢,我可不敢想这事儿。"

"那你,很希望人家可怜你吗?"

小姑娘又问。

"这……"肚肚狼好像被问住了。虽然他整天在叫着"可怜可怜肚肚狼",但他心里,是不是真的希望人家都来可怜他呢?

小姑娘看了一眼地上的帽子,然后说:"我要走了。下次我还会再来看你的,说不定那时候我会有钱了。再见。"

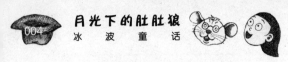

小姑娘朝肚肚狼摆摆手。

"小红鞋,再见。"肚肚狼也摆摆手。

"我有名字的,我的名字叫——"

肚肚狼打断了她:"不,我还是叫你小红鞋吧。小红鞋,再见。"

小姑娘点点头,再摆了一下手,往前走了。

肚肚狼一直看着小红鞋的背影,一直到看不见。

玉碎先生

4月22日

我从来都相信自己的眼光,今天比任何时候都相信:肚肚狼绝对不是一般的狼。不过他需要我的帮助才行。

肚肚狼有点失神地望着地面。

又有一双脚匆匆地走过来,在离他几步远的地方站住了。

肚肚狼抬起头来。

站在面前的是仓鼠玉碎先生。他是肚肚狼的朋友,现在跟肚肚狼一起住在一间破屋子里。

"我说,"玉碎先生双手叉着腰,很不满的样子,"你是不是忘记了?"

"忘……忘记什么了?"

玉碎先生用手指着肚肚狼的额头。

"今天晚上可是月圆之夜啊!"

"对啊,又到了月圆之夜……现在几点了?"肚肚狼问。

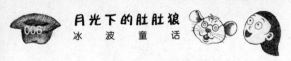

玉碎先生把手抡了一个半圆,动作很夸张地看手上的表。

"这个,最早是五点半,也可能是六点半或者七点……"

玉碎先生眨眨眼睛,好像在思考一个很难的问题。

"你这话什么意思?"

"表上倒是指着五点半,但实际上不一定是五点半,"玉碎先生有点不好意思,"因为这表经常会停,现在它正停着……"

"什么破表……"肚肚狼嘀咕了一句。

"破表?我说,你懂不懂啊?"玉碎先生说,"这可是一只金表,到我手里已经传了第八代了。摇摇它,这手表还是会走的嘛……我说,我们家族传下来的东西,不会差!我们从前的家族,多么辉煌!我说,你看一下我背上的黑纹就知道了。"

玉碎先生一边说,一边开始甩他的手臂,那样,手表可以继续走。

"希望它能传到第九代。"肚肚狼嘀咕着。

玉碎先生出生在一个名门望族里,他有着非常高贵的血统,因为他背上有一道黑纹。一般的仓鼠只是尾巴比较短(鼠类尾巴越短出身就越高贵),背上没有黑纹,而他玉碎先生,不但尾巴也比较短,最重要的是背上还有一道黑纹。

这样的仓鼠,叫做花背仓鼠。所有的仓鼠们都知道,花背仓鼠是仓鼠中的贵族。不过仓鼠以外的动物可能不知道,所以玉碎先生经常要解释这个问题。玉碎先生的家族,从前多么辉煌,但是,后来却越来越没落,到了玉碎先生这一代,已经什么也没有了。

让家族再次辉煌起来,一直是玉碎先生的梦想。就是为了实现这个梦想,像他这样高贵的仓鼠,才愿意委屈地和这个乞丐住在一起。

为什么和肚肚狼住在一起,能让仓鼠的家族再辉煌起来呢?

那是因为在肚肚狼身上,有一种非常奇特、非常神秘的现象,它和天上的月亮有联系。玉碎先生已经知道有这个秘密,只是他还没有掌握这个秘密。等他一旦掌握了这个秘密,并且把它公布出来,就一定会震惊全世界!

就连肚肚狼也傻乎乎地弄不清楚,还以为自己就是一个乞丐,只有他玉碎先生才知道根本不是那么回事。

这时候,趁着玉碎先生发呆想心事的时候,肚肚狼还在加班:

"行行好吧,可怜可怜肚肚狼,行行好吧,可怜可怜肚肚狼……"

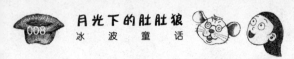

玉碎先生看着肚肚狼,心里想:"那个傻乎乎的肚肚狼,可不是一般的乞丐,他总有一天会成为世界名人,当然啦,这得靠我一手来安排才能做得到!等他成了世界名人,我们花背仓鼠家族又可以重新辉煌起来……所以,我就忍耐着一点吧……"

玉碎先生完全想入神了。

忽然,他又惊醒过来。

"今天是月圆之夜,快,快,我们回去!"玉碎先生叫着,拉着肚肚狼往家里走。

"可是,我还没有吃晚饭……"肚肚狼说。

"得了得了,嘴巴不要这么馋。"

"可是,吃饭不是嘴巴馋吧……"肚肚狼想申辩。

"行了行了,还有比吃饭更重要的事。"

玉碎先生不理他,拉着肚肚狼就往家里跑。

冥想美好的事物

4月22日

　　现实中的肚肚狼和梦幻中的肚肚狼,差别实在太大了。但我会缩小这种差距,最后让他们合二为一。

　　肚肚狼和玉碎先生回到他们的家。

　　这是一间很破旧的房子。本来只有一个房间,里面用竹席隔开,就算是成了两个房间,肚肚狼和玉碎先生各住一间。这房子,秋天和春天住着还行,但是冬天就会太冷,因为墙上、窗边都有洞,冷风会呼呼地吹进来;夏天又会太热,也是因为墙上、窗边都有洞,热气会呼呼地冲进来。

　　"我说,我们的房子采光还不错。"玉碎先生说。

　　"是的,因为墙上、窗边都有洞。"肚肚狼说。

　　像上个月的月圆之夜那样,玉碎先生叫肚肚狼去面壁坐着。

　　"心里冥想世界上最美好的事物。这个冥想很重要,它关系到你的未来。"玉碎先生叮嘱道。

　　"知道了……"

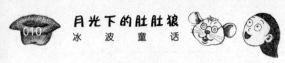

肚肚狼面向墙壁去坐着了。在外面地上坐了一天的肚肚狼,现在回到家里又坐在地上。他开始冥想。冥想就是静静地想,排除一切杂念。

"最美好的事物,最美好的事物……"肚肚狼半闭上眼睛,嘴里喃喃着。

他脑子里冒出来第一个美好的事物是——一个肉包子。

肚肚狼摇摇头,努力把这个肉包子赶跑,重新开始冥想。

接着,他脑子里冒出来第二个美好的事物是——两个肉包子。

肚肚狼又摇摇头,努力把两个肉包子赶跑,再重新开始冥想。

接着,他脑子里冒出来第三个美好的事物是——三个肉包子。

肚肚狼这回不摇头了,而是转过脸去,歉意地看着玉碎先生。

"不好意思……"肚肚狼轻声说。

"出现什么美好的意境了?"玉碎先生关心地问。

"肉包子,先是一个,后来是两个,再后来……"肚肚狼咽了一下口水。

玉碎先生很不满意:"你可真老土,只会想肉包子!"

"我也不知道,全是肉包子,还是冒热气的。"肚肚狼自己也很迷惑,"是不是因为我一天没吃饭了,所以……"

玉碎先生叹了口气,只好上街去给肚肚狼买包子,让他吃饱了再冥想吧,不然,他会想出更多的肉包子。

玉碎先生买回来四个肉包子,他自己吃一个(贵族一般胃口都不太大),给肚肚狼吃两个,还有一个留着当夜宵。

几口吃完了两个肉包子,肚肚狼继续面壁。

这回,冥想的东西不一样了。

肚肚狼的眼睛慢慢模糊起来,接着,又慢慢清晰起来。

他的面前不再是有洞的墙壁了。他看到了一片青青的草地,草地上,站着一个非常英俊、潇洒的王子,他正在张开手臂,好像在唱歌。这时候,有几只小鸟飞来,绕着那个王子在飞,草地上,很细的花开满了一地……

肚肚狼又慢慢清醒过来了。好像刚才做了一个梦,但他明明知道自己没有睡着啊。

"真是奇怪,冥想大概就是这样的。"肚肚狼对自己说。

玉碎先生看见肚肚狼在愣愣地出神,就问:"你冥

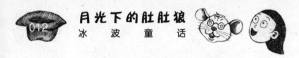

想到什么了?"

肚肚狼把刚才看到的情景讲了一遍。

玉碎先生显然很兴奋。

"再后来呢?"玉碎先生问道。

"小鸟飞到了王子的肩膀上,停在那里。"

"再后来呢?"

"阳光更加明亮了,是金色的阳光。"

"再后来呢?"

"没了……"

玉碎先生高兴地在腿上拍了一下:"大有进步,大有进步!你还记得上一个月圆之夜,你冥想到了些什么吗?"

"不记得了。"肚肚狼说。

"我来告诉你吧,上回你冥想到的是:一头猪,吃饱了,躺在树底下哼歌,哼着哼着,歌声变成了呼噜。"

"哦,想起来了。这有什么不同吗?"

"说你老土你就是老土,这区别太大了。猪在树底下唱歌和王子在草地上唱歌,档次完全不同啊。"玉碎先生说。

肚肚狼觉得这并没有什么不同,都是冥想出来的东西,又不是真的。

"可能玉碎先生是贵族,眼光很特别吧?"

肚肚狼在心里想。

这时候,天已经完全黑了。月亮开始升上来了,非常圆,非常亮。现在是晚上八点钟,如果到了晚上十二点钟,它还会更圆更亮。

周围静静的。

肚肚狼看着月亮,心里有一点紧张。

"今天你冥想的意境非常好啊,看来这次非常有希望。"玉碎先生忽然轻轻地、幽幽地说,"后来,你再没有想到别的了吗?"

肚肚狼想了想。

"想起来了,后来我再继续想,眼前又出现了——"

"什么?"玉碎先生着急地问。

"四个肉包子。"

"……"

"也是热的。"肚肚狼又补了一句。

"……"

玉碎先生差点没被这句话气晕倒。

"我说,我怎么就摊上你这么个老土,真是没品位,"玉碎先生埋怨道,"怎么整天脑子里就出肉包子?"

肚肚狼迷惑地说:"我也不知道,它自己冒出来的。"

"你就不能出点高雅的,比如梅兰竹菊啦、风花雪月啦?"

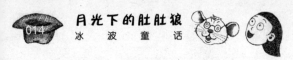

"这个……"肚肚狼也不知道怎么说好,"我想肉包子更实在吧。"

肚肚狼用眼睛偷偷地瞅着桌上留着的那个肉包子。

玉碎先生叹口气,把留着的那个肉包子又拿出来,交给肚肚狼。

"吃吧吃吧,撑死你。"

今天毕竟是特别的日子,在这个等了三十天的月圆之夜,就让肚肚狼吃三个肉包子吧,不过,明天仍旧改成两个,不能让肚肚狼太奢侈了。玉碎先生在心里这样想。

肚肚狼三口两口就把肉包子吃完了,最后还吮了一下指头。

"毫无疑问,"肚肚狼说,"肉包子是世界上最好吃的东西!"

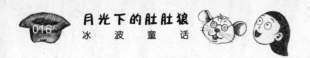

月圆之夜

4月23日

怎么还是十八分钟?已经三次十八分钟了!我一定要找到让变身时间延长的原因!

大概在晚上十点钟左右,肚肚狼和玉碎先生走出了他们的破屋子。

"先到城里拐一下,我要对对表。"玉碎先生说,"今天晚上的手表可不能停。"

他们走了没多远,就看到了一幢高高的大楼。这是市政府大楼,尖尖的楼顶上,有一口巨大的钟。这口大钟走时非常准,市民们也常常用它来对表的。

"二十二点零七分,好了,对好了。"玉碎先生说,"现在我们去孤山。"

孤山是离城里最近的一座小山。城市周围只有这一座孤零零的山,所以它的名字叫孤山。虽然是小山,但因为它在城市里,看起来还是显得很高。

他们的目的地,就是孤山的山顶。

一路上,玉碎先生一边走一边在不停地甩戴着手表的左手,为了保证不让手表停下来。如果不停下来,那表是走得非常准的,因为它是祖传的。

到山顶时还不到晚上十一点。

玉碎先生在地上铺一块布,他们坐了下来。

玉碎先生从口袋里摸出了一小包花生米,这是他最喜欢吃的。

"我吃花生米,是为了让左手不停地动,这样可以让手表不停下来。"玉碎先生向肚肚狼解释一下,因为每次只带一小包花生米来。

肚肚狼没有答话,好像他根本没有听到玉碎先生的话。他坐在那里,抬着头,望着天上的月亮。他坐得直直的,如果喉咙里不发出咕噜咕噜的声音,看起来就像是一座雕像。

这个时候的月亮很圆,也很亮。

他的眼神里有一种特别的光,好像有点忧郁,又好像充满深情。这跟平时的肚肚狼太不一样了。

玉碎先生不时看一下手表,他在等待半夜零点的到来。

花生米吃完了,玉碎先生站起来开始原地跑步,这都是为了不让手表停下来。

半夜零点终于到了!

就在那一刻,天上的月亮变得最圆最亮。

奇迹出现了。

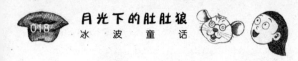

坐在布上看月亮的肚肚狼，忽然不见了。

而不远处，出现了另一头狼。

他穿着非常漂亮的礼服，像一位英俊潇洒的王子，正在风度翩翩地走过来。他的出现实在太快了，快得根本看不出他是从哪里出来的，就好像是从月亮里飞出来的一样。

他实在太像一位高贵的王子了，我们就暂时先叫他王子吧。

有一个词叫做"闪亮登场"，用它来形容现在出现的王子，真是最合适不过了。就在狼的周围，一切变得那么亮，就好像从太空有束特别美丽的光照着他一样。现在，他站在这片草地上，礼服上的金扣子闪闪发亮。他身边的每一棵草每一棵树，都比平时更加翠绿，地上的小花也都比平时更加鲜艳。

这个时候，玉碎先生紧张而又充满期待地盯着王子，但他一点也不惊讶，显然，他已经不是第一次看见王子了。

玉碎先生已经不再原地跑步了，而是干脆把手表从手腕上摘下来，拿在手里不停地摇着——这样，手表绝对不会停的。

"要开始了，要开始了……"

玉碎先生嘴里喃喃地说着，一会儿看一下表，一会儿又盯着王子。

王子面带微笑，昂着他那神气又英俊的头，他开始唱歌了。

> 微风是我的头发,
> 月亮是我的眼睛,
> 带着我的歌,我要来看你,
> 就像以往你一直在看我一样……

王子的歌声,是那么动人。他唱得太好了,这声音,好像不是唱出来的,而像是听到的人从自己的心里发出来的。

此刻,玉碎先生完全被歌声陶醉了。

两行眼泪慢慢从他的脸上流下来。好一阵,他都差点忘记摇他的手表了。

王子终于停住不唱了,周围很亮的光慢慢暗了下来。

接着,王子就消失了。

就在王子消失的一瞬间,肚肚狼已出现在原来的地方——坐在布上,抬头望着月亮。

肚肚狼消失的时候,正是王子出现的时候;王子消失的时候,又正是肚肚狼出现的时候。但王子和肚肚狼是多么的不同啊,他们的差别太大了。

玉碎先生实在不愿意相信,刚才的王子,就是肚肚狼的变身。但玉碎先生又不得不相信这样一个事实——每到

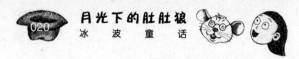

月圆之夜的半夜零点,肚肚狼就会变身。

现在,一切全都回到了原来的样子。

玉碎先生赶紧看手里的表。

"十八分钟!王子一共出现了十八分钟。十八分钟……"

玉碎先生的神情忽然变得很沮丧。

"怎么还是十八分钟呢?已经连着三个月,都是十八分钟,时间一点也没有增加啊……"

玉碎先生自言自语地说着,显得非常地失望和疲倦。

这时候,肚肚狼好像刚刚从梦里醒来一样,他说:"不会吧?怎么还是十八分钟呢?从前不是经常延长时间的吗?"

"就是十八分钟,我不会看错的。"

"是不是你的表停过了?"肚肚狼又问。

"不会的,我一直在摇它……"

玉碎先生沮丧极了,他坐在地上,好像连站起来的力气都没有了。

这件事,确实对玉碎先生是一个很大的打击。

这里面有个原因:

玉碎先生是第一个发现肚肚狼会变身的,后来他又发现,肚肚狼不但会变身,而且每次变身的时间会延长。第一次是五分钟,第二次是八分钟,再后来是十一分钟,再后来是十六分钟，再后来，是十八分钟。

一直以来，就有一个神奇的传说，说是有一种出身非常特别的狼，每当到了月圆之夜就会变身，而且变身的时间会不断延长。如果变身的时间延长到二十四小时，也就是一整天，到那个时候，狼就再也不会变回到原来的样子，他将会一直以变出来的样子生活下去。

本来这只是一个传说，因为谁也没有见到变身之后的狼生活在现实世界里。

但是，玉碎先生在心里诞生了一个大胆又离奇的计划——他要把肚肚狼变成第一个像王子那样的狼，而且不再变回去。

用什么方法，能让肚肚狼变身的时间越来越长呢？传说里从来没有提到过。

要实现这个伟大的计划，必须找到延长变身的方法。这个，就是玉碎先生要做的。

玉碎先生的伟大计划，就是从肚肚狼变身能持续十八分钟那次开始的。玉碎先生深信，如果在变身前的一段时间里，肚肚狼一直冥想美好的事物的话，有助于延长他的变身时间。

可是，从今天看来，玉碎先生失败了。已经连着三个月圆之夜了，肚肚狼变身的时间没有延长，都是十八分钟。

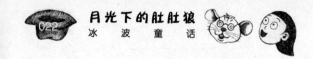

神秘的扑满

4月23日

　　今天找到了一个神秘的扑满。凭我的聪明和经验，我能判断出，它肯定与肚肚狼的变身时间有关系。奇怪的是，肚肚狼怎么到现在才拿出这个扑满来？

　　肚肚狼扶着玉碎先生回家去。这时候，天都快亮了。

　　玉碎先生已经筋疲力尽了，他再也不甩他戴着手表的左手了。现在手表停不停，已经无所谓了。

　　"真没想到，我变身的时间没有延长，他比我自己还难过。"肚肚狼心里想，他忽然觉得身边的玉碎先生高大起来了。

　　"说不定，"肚肚狼小心地说，"月圆之夜的冥想是没什么用的。"

　　"也可能，"玉碎先生迟疑地说，"不过，冥想也不是什么坏事吧？"

　　"要不就是……"肚肚狼忽然打住不说了。

　　"要不就是什么？说。"

　　"没什么没什么，瞎想的，还是不说好……"

玉碎先生急起来了："快说！"

"要不就是……多吃点肉包子，会不会有好处？"

"你想得美，"玉碎先生不高兴地说，"我说，你这种小花招还想骗得了我？我们哪来那么多钱买肉包子？想得美！"

"我是说不说的，偏要我说……"肚肚狼嘀咕了一句。

肚肚狼实在不忍心看到玉碎先生这么难过，走了一会儿，肚肚狼又说："我有一样东西，不知道会不会有用……"

"什么东西？"

"我也说不清，好像是一个盒子。"

玉碎先生立刻来了精神："快回家，找出来给我看。"

"哦……"

玉碎先生走路快了很多，肚肚狼好不容易才赶上他。

到了家里，玉碎先生就把肚肚狼往床底下推："快找快找。"他知道，床底下向来是肚肚狼藏宝贝的地方。

肚肚狼从床底下拉出一只木箱子，上面积满了灰尘。打开箱子，里面发出一股潮乎乎的霉味。

肚肚狼从里面摸出一个布包。打开布，里面有一只铁盒。

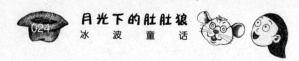

玉碎先生赶紧拿到手里看。这只铁盒不大,但很精致,上面还镶着做工十分精细的铜片,拿在手里沉沉的。

轻轻地摇了摇它,里面发出很清脆的沙沙声,显然里面装着的东西是质地很硬的颗粒物。

"里面装的是什么?"玉碎先生问。

"我不知道,我没有打开看过。"

"为什么不打开来看看呢?"

"因为它是无法打开的。"肚肚狼说。

"什么?一个无法打开的盒子?"玉碎先生说着,又仔细看盒子。

所有的盒子都由盒盖和盒体两部分组成,但这个盒子,根本就没有盒盖,整个盒子上,没有一道缝。

玉碎先生还发现,在盒子顶部,有一个小小的圆孔。这个圆孔外面大,里面小。原来,盒子内部好像装了一个簧片,这个簧片的作用就是为了挡住圆孔,不让里面的东西掉出来。

"啊,我明白了!"玉碎先生忽然叫起来,"这是一个神秘的扑满!东西只能放进去,不能拿出来。"

"可是,"肚肚狼觉得奇怪,"里面好像不是钱啊,扑满是用来放钱的。"

"所以我说它是神秘的扑满!"玉碎先生很兴奋,"这个扑满一定有特别的意义,它是你们家祖祖辈辈传下来的吗?"

"是。我父亲去世的时候,亲手交给我的。他还说,要世世代代传下去,所以,我就把它放到床底下了,只有好东西我才放床底下……"肚肚狼说。

"明白了,"玉碎先生打断了肚肚狼的话,"要传下去的不是这个扑满,而是往扑满里攒的东西,你把它塞到床底下有什么用?"

肚肚狼被玉碎先生骂得一愣一愣的。

"现在我要弄清楚,里面装的是什么。"玉碎先生说。

要从外面大里面小的孔里,看到里面是什么,真是非常地困难。正好这时候外面太阳已经升起来了,玉碎先生把扑满拿到外面,希望借助阳光来看。

他把孔对着阳光,慢慢转动着扑满,寻找一个最合适的角度,可以最大限度地让阳光照射进孔里。最后他终于找到了这个角度,一线阳光正好直穿进去,照射到了扑满的底部。

好细的一线阳光。

玉碎先生凑上去看。

肚肚狼着急地问:"里面装着什么?"

"嘘——"玉碎先生做了一个噤声的手势。

过了一会儿,玉碎先生长长地呼出一口气:"看清

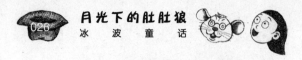

楚了,里面装的是黑曜石。"

"黑……什么石?"肚肚狼听不明白。

"黑曜石,也叫黑宝石,它就是一种宝石。这种宝石代表太阳、月亮和星星,人们历来把黑宝石看作是智慧的象征。你的祖上积攒黑宝石,就是期望积攒智慧……"

玉碎先生滔滔不绝地讲着,肚肚狼只是连连点头,也不知道自己到底听懂了没有。

玉碎先生越讲神情变得越神圣起来:"肚肚狼,你要继续攒黑宝石。你要延长变身的时间,一定与黑宝石的增加有关。"

说着,玉碎先生摇了摇扑满,让它发出清脆的沙沙声。

"你看,现在只有这么一点点,而且还是你祖上积攒的,你变身的时间怎么能延长呢?"

肚肚狼赶紧点头。

"是是是,可是……可是,怎么攒啊?哪里有黑宝石啊?我天天要到马路上去上班……"肚肚狼一头雾水。

"笨,你得抓紧攒钱啊,攒了钱,才可以去买黑宝石!"

"哦,"肚肚狼好像明白了,"以后要少吃肉包子,多攒钱……"

玉碎先生一点反应也没有,好像根本没听见肚肚狼在说什么。

"我肯定又说错了……"肚肚狼自言自语地说,"不过我会想办法去多挣钱。"

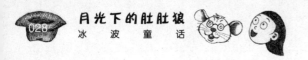

第一次失败

4月26日

我有可以挣更多钱的办法,只是不知道怎么样让肚肚狼知道。如果肚肚狼挣不到足够的钱,要实现梦想就会很难。

一连几天,肚肚狼都没有想出什么特别好的挣钱主意。

"行行好吧,可怜可怜肚肚狼……"

他尝试过把喊声加大,也尝试过把喊声加点拖腔,又尝试过把喊声加进一点哭腔。

但是好像都没用,他帽子里的硬币并没有多起来。

这一天,天快黑的时候,他低着头,看着放在地上的那顶帽子出神。

忽然,他的眼前一亮,一个很妙的主意在他的脑子里诞生了。

"只要采用这个办法,明天,我就会增加十倍的收入了。我先不跟玉碎先生说,等我成功了再告诉他吧。"

肚肚狼很兴奋。

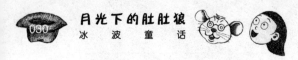

第二天,当肚肚狼在墙角出现的时候,他的面前,一溜排开,放上了十顶帽子。

由于一下子要收集十顶帽子并不太容易,所以,这些帽子的式样是多种多样的,有皮帽,有布帽,还有草帽和太阳帽,最特别的是,一顶破了的摩托车安全帽也在里面。

"放上十顶帽子,我的收入不就可以增加十倍了吗?"

肚肚狼很为自己的创意骄傲。

"行行好吧,可怜可怜肚肚狼……"

肚肚狼开始喊了。

非常奇怪的是,没有人往帽子里丢硬币。

"我明白了,"肚肚狼想了好久,忽然一拍大腿,"肯定是因为我的帽子太多,人们在丢硬币的时候,发生了困惑。"

肚肚狼从口袋里摸出了一个粉笔头。

"我把它们写写清楚。"

他把十顶帽子排整齐,开始编号:第一顶帽子下面写上"1号功德帽",第二顶帽子下面写上"2号功德帽",这样,把十顶帽子都编上了。

然后,再在每一顶帽子上方,写上合适的注释。就像下面这样:

一号功德帽　　1 角硬币区
二号功德帽　　5 角硬币区
三号功德帽　　1 元硬币区
四号功德帽　　1 元纸币区
五号功德帽　　5 元纸币区
六号功德帽　　10 元纸币区
七号功德帽　　20 元纸币区
八号功德帽　　50 元纸币区
九号功德帽　　100 元纸币区
十号功德帽　　外币区

这样标明的意思再明白不过了：不管什么样的钱，都可以找到对应的帽子丢进去。

"这样，要丢钱的人不用再为丢到哪顶帽子里犯难了。"肚肚狼拍拍满是粉笔灰的手。

刚刚写完，肚肚狼看到有一双小红鞋站在面前。

肚肚狼抬起头来。

"小红鞋！是你？"

小红鞋友好地向他招招手，说："Hi。"

"你现在改卖帽子了吗？"小红鞋问。

"卖帽子？"肚肚狼说，"不是啊，难道我像是在卖帽子吗？"

肚肚狼再自己用审视的眼光看了一下，然后说："小

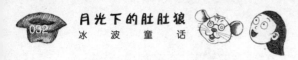

红鞋,你说得对,这是像在卖帽子……"

小红鞋从口袋里摸来摸出,摸出来一个一角硬币。

她走到一号功德帽前:"应该把它放在这里吧?"

"是的是的,谢谢谢谢。"肚肚狼说。他没想到,小红鞋也会给他丢钱。

"我上次说过的,如果我再来,可能就有钱了。现在我走了。拜拜。"

小红鞋说着,像上次那样,非常可爱地向肚肚狼摆摆她的小手。

"拜拜。"肚肚狼也向她摆摆手。

小红鞋往前走了几步,又回过头来。

"如果你饿了,别忘记拿钱买饭吃哦。"

肚肚狼点点头:"我会的,我会的……"

今天,经过这番折腾,他得到的钱反而比平时少了很多。

这当然是一次非常失败的经历。

不过,不知道为什么,肚肚狼心里并不难过。因为,他多了小红鞋给他的一角钱。这一角钱,在肚肚狼的心里分量很重。

"小红鞋叫我饿的时候别忘记买饭吃……"

肚肚狼一直在回味小红鞋的这句话。

多挣钱的方法

4月27日

　　我只是使用了一点点小小的伎俩,肚肚狼居然也相信了。现在他去实施那个快速挣钱的计划了。我还要继续睡觉,但我会祝愿他成功。

　　玉碎先生一直不说话,眼睛盯着墙壁上的洞,好像在想什么。

　　"你也在冥想吗?"肚肚狼小心地问。

　　"我在想一句老话,"玉碎先生说,"叫做'会省不如会挣',意思是说,应该更多地把脑子用在挣钱上而不是节省上。"

　　"真的啊?"肚肚狼听了很高兴,"就是说,肉包子还是可以多吃的?"

　　玉碎先生忽然转过脸来:"瞎搅和什么?我叫你想办法挣更多的钱!"

　　"可是,可是,"肚肚狼觉得很委屈,"那得看别人给得多不多,我努力有什么用啊……"

　　"你不会想想办法,让人家给得更多?"

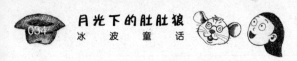

"我试过了,但是没用。"肚肚狼说,"昨天,我在地上放了十顶帽子,结果钱反而更少了。"

"你那是瞎胡闹。我说,还是我提醒你一下吧,"玉碎先生说,"你每天行乞的时候说什么?"

"我说:'行行好吧,可怜可怜肚肚狼'啊。"

"很好,你是要人家可怜你对吗?好,那我问你,你是不是值得可怜呢?你得让自己看起来很可怜才行啊。"玉碎先生说。

"哦……"肚肚狼看看自己身上,说,"那,我把身上再弄脏点?"

玉碎先生摇摇头:"不够。"

"那我把头发再弄乱点?"

玉碎先生又摇摇头:"不够。"

"那我只穿一件衣服,让自己冷得发抖?"

玉碎先生还是摇摇头:"还是不够。"

肚肚狼有点烦了:"我想不出来了,你知道就告诉我嘛。"

玉碎先生说:"那不行,一人做事一人当。我们家分工的,你只管挣钱,我只管管理好这些钱——这是需要动脑筋的活。唉,你慢慢想吧,我要睡觉了。"

说着,玉碎先生很夸张地打了一个哈欠,去他自己的房间睡觉了。

玉碎先生好像很快就睡着了，肚肚狼听到他在打呼噜。

接着，玉碎先生开始说梦话了。

"我一万岁生日那天，要吃十个蛋糕……"

肚肚狼一听就想笑："一万岁生日，哈哈，梦话到底是梦话啊。"

接着，玉碎先生又说了一句梦话：

"要是人家看见我浑身是伤，人家就会可怜我……"

这句梦话一下子引起了肚肚狼的注意。

"浑身是伤？对啊，对啊！"

肚肚狼不禁叫出声来。

玉碎先生翻了个身，不再说梦话了，也不打呼噜了，大概是睡得更深了。

肚肚狼想：对，我可以把自己化装成浑身是伤啊，谁都会可怜一个浑身是伤的人，不管他有几顶帽子。玉碎先生真聪明，连做梦想出来的主意都比我聪明……"

折腾了整整一个晚上，还没有睡过觉，肚肚狼本来也困了，但一想到要化装去行乞，他一下就来了精神，感觉就像演戏一样，这是多么有挑战性。

他开始忙起来。

先在脑袋上缠很多纱布，再在纱布上洒上红药水，有一个地方要洒得特别多一些，这样，看起来很像他的

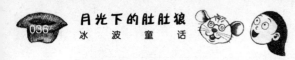

脑袋上打破了一个大洞。然后，找几根煮熟的面条粘在胸脯上，当然面条上也要用红药水涂红，这样，看起来很像是几条伤疤。最后，当然不能忘记在腿上多缠点纱布，因为要装成瘸腿的样子是最容易的。

接下来还有什么？

"哦，对了，我得把声音也化装一下，得发出那种颤抖的、时轻时重的声音。"

再加上说的时候断断续续，这样，听起来就会很像快要断气了。肚肚狼想起来电影里都是这么做的。

如果做一项工作就像玩儿一样，那该多有意思啊。现在的肚肚狼，就是这样的心情。

肚肚狼出门了。

他在路边捡了一根树枝做拐杖，走起路来一瘸一拐的，就更像了。

"原来我很有表演天才啊。"

肚肚狼在心里这么想着。

大获成功

4月27日

　　一直在担心,不知道肚肚狼怎么样了。非常想去看看,但我又怕看见这个笨家伙又失败了。咦?现在我的眼皮开始在跳,而且是左眼皮跳!我感觉好起来了!

　　肚肚狼来到那个老地方。

　　这是一个墙角。离开三步远的地方,有一个窨井盖。由于走的人很多,窨井盖的花纹已经闪闪发亮。离开八步远的地方有一盏路灯,很适合肚肚狼晚上加班,灯光不太亮也不太暗,路过的人既能看到他在那里,又看不太清他的脸。离开四步远的地方,有一个垃圾筒,如果肚肚狼擦去粘在窨井盖上的口香糖,或者捡到果壳垃圾什么的,他很方便就能把它们丢进去。

　　最重要的是:这是一个闹中取静的地方。走过的人又多,有钱人的比例也比别的地方高,因为肚肚狼背靠着的墙,是属于这个城市最大的一家银行的。

　　总而言之,作为一个职业乞丐来说,要找到这样一个好地方,还真的很不容易。

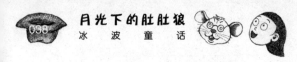

肚肚狼先深情地环视一下周围,然后开始工作。

他把帽子翻过来,放在地上,然后,用颤抖的声音叫道:

"行行好吧,可怜可怜肚肚狼……"

声音果真又颤抖,又时断时续,好像喊的人真的快不行了。

"嘚,嘚。"

很快就有两个硬币丢进了帽子里。不用看,听声音肚肚狼就知道那是一元的硬币,可不是什么一角或者五角的。

肚肚狼继续喊着:"行行好吧,可怜可怜肚肚狼……"

"嘚,嘚,嘚,嘚嘚嘚……"

真是奇迹啊,接二连三的硬币落到帽子里。

最最重要的是,在这些硬币当中,肚肚狼看见居然还有一张纸币,那是十元的!

肚肚狼趴在那里,咚咚咚地向人们磕头。

忽然,肚肚狼两眼一黑,就什么也不知道了。

——他太兴奋了,磕头都磕得没轻重了,他自己用头把自己砸昏过去了。

当他醒过来的时候,他发现有两个好心人抬着他,正在走呢。他们一个抬着他的两条腿,一边抬着他的

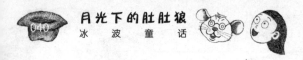

肩膀。

肚肚狼赶紧找他的帽子:"帽子,帽子,我的帽子!"

抬着他的一个人说:"在你头上戴着呢。"

肚肚狼赶紧把帽子摘下来看里面,帽子里空空的,一个硬币也没有了。

"钱,我帽子里的钱呢?"

抬他的人都笑了。

"我们把你帽子里的钱,还有地上散落的钱,都放到你口袋里了。"

肚肚狼伸手一摸,哇,一个口袋鼓鼓的、沉沉的,全是哗哗响的硬币。当然,肚肚狼还摸到了其中有一张十元的纸币。

那种激动和突然的开心,差点让他又昏过去。

因为他身上的钱太多,一种警觉让他终于保持住了清醒。

"你们想干什么?"肚肚狼忽然厉声问道,"想绑架我吗?"

抬他的两个人先是吓了一跳,接着又笑了:

"你说什么哪,我们是在抬你,不是绑架。"

肚肚狼把两只手都捂在那个有硬币的口袋上,依然十分警觉。

"我没钱的时候你们不来抬我,现在我有钱了,你们就来抬我，什么意思？"

那两个人互相看看，十分迷惑的样子，以为碰到了外星人，怎么思路这么怪。他们都不知道怎么跟肚肚狼解释了。

"我们看到需要有人抬你，所以我们来抬你……"

"不用你们抬，一般我喜欢自己走回家。"

"说什么哪？"那两个人开始有点不高兴了，"谁想把你抬回家？你以为你是谁啊？"

"那你们抬我去哪儿？"肚肚狼把口袋捂得更紧了。

"去医院呀！"

那两个人火了，大声叫起来："你伤成这样，又晕倒了。我们是在救你！明白？"

一听到"医院"两个字，肚肚狼就像遭到一下电击。如果去医院，他浑身上下全是假的伤，不是全露馅了吗？

肚肚狼猛挺了下身体，胡乱挣扎起来。

"救命！我不要去医院！救命呀！"肚肚狼大声喊起来。

忽然的大动作，抬他的两个人猝不及防，都摔倒了。他们怎么也想不到，这个看起来浑身是伤的人，居然还有这么大的力气。

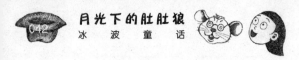

肚肚狼也直挺挺地摔在地上了。躺在地上,肚肚狼还在喊:"救命呀,大家来救我!"

有几个人跑过来了,理也不理肚肚狼,而是问抬他的那两个人。

"怎么样,需要帮忙吗?是不是他不肯去精神病医院?"

那两个人爬起来,一肚子的火:"不管他了,他就是愿意去精神病医院,我们也不愿意抬他了。我们走!"

那两个人气呼呼地走了。他们两个都在心里想:今天真是撞见鬼了!

肚肚狼慢慢坐起来,偷偷看人家的反应。

他发现有人在远远的地方观察他,还对他指指点点的,悄悄地说着什么。

他低头看一下自己的胸口,少了好几条疤痕——刚才在激烈的挣扎中,粘在胸脯上当作疤的面条,早就掉下来了。缠在脑袋上的纱布,也松了,挂下来长长的一条,很快就要露出涂满红药水的额头了。

"看来,今天不能加班了……"肚肚狼想。

他装出一瘸一拐的样子,回到那个墙角,捡起那个当作拐杖用的树枝。当他拄着树枝拐杖回家之前,也没有忘记捡掉地上的一个烟头和一张糖纸,然后把它们丢进了垃圾筒。

"保持工作环境的整洁是我的习惯。"

肚肚狼心里这么说着,心满意足地往家走。

一路上,口袋里的硬币一直在叮当作响,并且沉沉地碰撞着他的身体。

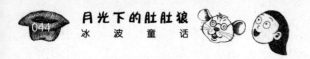

明天会更好

4月27日

　　这个计谋大获成功。看到他那得意的样子,我真的想说出来:那个计谋还不是我告诉你的?但我不能说。谨慎一向是我的信条。过几天,扑满里的黑宝石就会增加了!真不错!

　　快要到家的时候,看看周围没有人注意他,肚肚狼丢掉树枝,飞快地往家里跑。

　　"玉碎先生,玉碎先生!"肚肚狼大叫着冲进门去,"成功啦,成功啦……"

　　"玉碎先——"

　　那个"生"字还没有出口,就听见很响的一声:"砰!"

　　到门口的时候,他刚刚要用手推门,结果,他的脑袋比他的手先碰到门。他用他的脑袋把门撞开了。

　　——其实他是摔了一跤,是被他自己腿上散落下来的纱布绊倒的。

　　脑袋在门上碰了一下之后,刹不住,接着又冲进去,又是一声:"砰!"

——这回脑袋在桌角上又碰了一下。

肚肚狼的额头上被撞出了一个洞,虽然不太大,但血还是在不断地冒出来。

玉碎先生赶紧跑过来,手忙脚乱地要来照顾肚肚狼。

肚肚狼一挥手:

"没事没事,只要头还在就好。"

玉碎先生来察看他伤口的时候,肚肚狼说:"跟你说没事。俗话说得好,'留得我头在,不怕没柴烧'。"

"是吗?"玉碎先生狡猾地笑起来,要来给他包扎伤口。

"不要包,不要包,我身上不破的地方都要包,好不容易有一个真的伤口,千万不能包。"肚肚狼说。

"那血总要擦的吧?"

在玉碎先生给他擦血的时候,肚肚狼叮嘱着:"擦过血的纱布留好啊,这可是真的血,比红药水像多了。"

接下来,肚肚狼开始兴奋地讲今天的经历。

"……人们向我拥来,争着往我的帽子里丢钱……除了丢钱,他们找不到别的方法来表示他们的感情……有人想给我一张一百元的,结果他身上正好没有,最后很不好意思地给我一张十元的……当然也有转身走了没

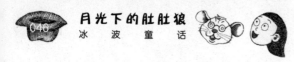

给钱的,我想他们大概是去给我买鲜花了……"

肚肚狼滔滔不绝地讲着。

"听起来像一个英雄……"玉碎先生说。

"不敢当不敢当。不过,后来有两个人主动来抬我,我当时非常机灵,一下一个,就把他们踹倒了。我可不能让人抬我,因为我身上带着巨款哪。后来我说不用抬我,我要自己亲自走回来。往回走的时候,还看见好多人远远地站着看我,心情很复杂的样子……"

"听起来,更像个英雄了……"玉碎先生说。

这回肚肚狼摇摇头,微笑一下,没说"不敢当"。

"要想出一个挣钱多的方法,说难也难,说不难也不难,就看你怎么去把握……"肚肚狼做了今天的总结。

"是吗?"玉碎先生说,狡猾地朝肚肚狼笑了一下。

"我这个人,主要是平时不太愿意多动脑子……"肚肚狼还想往下说。

"你有完没完了?"玉碎先生说,"把钱拿出来!"

肚肚狼这才想到,每天回来都必须把钱全部交给玉碎先生的,玉碎先生是负责他们家管账的。什么该买,什么不该买,全都由玉碎先生说了算。

肚肚狼把口袋里的所有硬币和一张纸币,"哗"的一下全部倒在桌子上。这一刻,肚肚狼充满了成就感。

"先给你这么些,以后还有!"肚肚狼说,"怎么样,今天的肉包子买了吗?"

"哎呀,忘了,"玉碎先生一边数着钱,一边回答,"一会儿去买。"

"好吧,不过要热点的。"肚肚狼说,"今天我感觉能吃下五个肉包子。"

"你说什么?五个?"玉碎先生跳起来,"想得美,与往常一样,两个!"

"可是,今天我挣了这么多……"肚肚狼很吃惊。

"这钱不是给你买肉包子的,是买黑宝石的!"玉碎先生愤愤地说,"这些钱,加上以前攒的,还不知能不能买到黑宝石。还想吃五个肉包子?"

"那,两个就两个吧,话这么多……"肚肚狼嘀咕了一句。

玉碎先生已经把钱数好了。

"我去一下银行,回来的时候,我会带来肉包子。"玉碎先生说着,出门去了。

这时候,肚肚狼感到额头痛得厉害,伤口那里正在一跳一跳地痛,房子也在一圈圈地打转。

他一下倒在床上,也不知是睡着了,还是又晕过去了。

当他再次睁开眼睛的时候,看到玉碎先生在摇他。

"醒醒,醒醒,你看,我手里的是什么?"

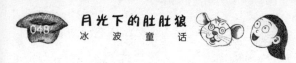

玉碎先生手里拿着一粒黑色的,闪着亮光的东西。

"是黑宝石吗?"肚肚狼说。

"答对了!它就是黑宝石!我们终于买到了!"玉碎先生高兴地说。

"是你终于买到了,不是我们……"不知道为什么,用那么多钱去买黑宝石,肚肚狼心里其实并不愿意。

玉碎先生也不接肚肚狼的话,他把那个神秘的扑满拿出来,放在肚肚狼面前,再把黑宝石交给他。

"来,伟大的时刻到了,你来把黑宝石放进去。"玉碎先生郑重地说。

肚肚狼接过黑宝石,往扑满的洞里塞了进去。

"叮。"

黑宝石落下去的时候,发出了细小但清脆的声音。

"我们向理想又迈进了一步,肚肚狼,我们的明天会更好!"玉碎先生充满激情地说。

肚肚狼问:"要放多少黑宝石,我的变身才能延长到一天?"

"这个扑满一定是有特别意义的,"玉碎先生说,"我想,等我们把它放满的那一天,也就是你获得新生的那一天!"

"哦,知道了。"肚肚狼淡淡地答应着,"把肉包子递给我,一会儿要冷了。"

肚肚狼一边吃着肉包子,一边在心里想:"老天啊,用黑宝石把那个扑满装满?那该到什么时候啊?"

　　肚肚狼忽然觉得自己是那么累,而且,今天的肉包子,味道一点儿也不好吃。

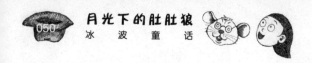

小红鞋的早餐

5月4日

　　一个星期了,肚肚狼带回来的钱一天比一天少了。我当然知道是什么原因,但我不会点穿它。让他彻底失败一次。我要让他知道,要达到任何一个目的,都不是轻而易举的事。

　　"行行好吧,可怜可怜肚肚狼……"

　　肚肚狼还是像前几天一样地喊着,声音依然是那么颤抖、那么时断时续。

　　但是,人们听了,只是匆匆走过,有时候连看也不看他一眼。那种硬币落到帽子里的美妙声音,越来越少了。

　　肚肚狼非常奇怪,人们怎么就不再有同情心了?

　　不远处,有两个男孩,一边向他指指点点,一边偷偷在笑。肚肚狼看着他们面熟,他们好像不是第一次出现在这里。

　　肚肚狼向他们招招手,友好地笑着:"小朋友,来,来。"

那两个男孩子互相看了一眼，就走过来了。

"小朋友，你们刚才是在讨论我吧？"肚肚狼问。

"是的，"其中一个男孩说，"我们很想告诉你一件事……"

"但又怕你不高兴。"另一个男孩接着说。

"是吗？告诉我吧，我不会不高兴的。"肚肚狼尽可能用温和的声音说。

"我们以为你是一个电影演员……"一个男孩说。

"但我们又没看见有摄影机在拍你。"另一个男孩接着说。

肚肚狼听了很高兴："嗬嗬，你们从什么地方看出来我是一个电影演员啊？是我长得很有特点吗？你们想告诉我的，就是这个吗？"

一个男孩说："不是。我们想告诉你，今天你的绷带扎错了。"

"扎错了？"肚肚狼很奇怪，"什么意思？"

"这条涂了红药水的绷带，昨天是扎在那条腿上的。"

另一个男孩接着说："还有，你胸脯上的疤也粘错了，昨天的疤还要长一点。而且，昨天是三条，今天只有两条。"

肚肚狼呆在那里。

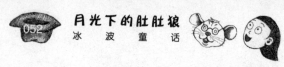

两个男孩说完，就跑开去玩了。

"完了完了，连小孩都看出来了……"

肚肚狼只觉得天旋地转，头脑里一片空白。

就在这个时候，那双小红鞋又出现在他的面前。

肚肚狼抬起头来，看见小红鞋站在那里，默默地看着他。

"小……小红鞋，我……"肚肚狼不知道该对她说什么好。

肚肚狼看见，小红鞋在流泪！

"小……小红鞋，我……"肚肚狼更不知道说什么好了。这一切，该怎么向小红鞋解释呢？告诉她，为了多挣钱，他假装成受了伤？

"肚肚狼，"小红鞋终于说话了，"你，你……"

"我什么？"

"你怎么受了这么重的伤啊？"

小红鞋刚说完这句话，终于忍不住，大声哭了起来。

肚肚狼大吃一惊，她没有看出来他身上的伤全是假的？谁都能看出他的伤是假的，小红鞋却没能看出来。当谁都不再相信他的时候，小红鞋还相信他。

"我，我……"肚肚狼更不知道，是不是应该在这个时候告诉小红鞋真实情况。

小红鞋走到帽子跟前，把紧紧握着的手放开。两个

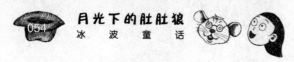

亮闪闪的硬币,掉进了帽子里,发出"嘚嘚"两声。

肚肚狼当然能判断出,这是两个一元的硬币!

"小红鞋,你,为什么要给我钱?"肚肚狼有点惊慌。

"肚肚狼,你的伤很痛吗?"小红鞋没有回答肚肚狼的问题,"你流了这么多血,应该在家里躺着啊……可是,是不是你在家里躺着,就没有人给你钱了?所以,你只好在这里……"

说着说着,小红鞋又哭了。

"没事没事,小红鞋,"肚肚狼安慰她,"我肚肚狼命很贱的,不痛,一点不痛,你看——"说着,肚肚狼往假的伤口上敲了一下。

"啊?"小红鞋先是吓了一跳,后来看到肚肚狼好像真的不痛,就放心了,"肚肚狼你好勇敢!"

"哪里哪里,"肚肚狼把帽子里的两个硬币捡起来,交还给小红鞋,"这钱你拿回去吧,我钱够的。"

"不,这是属于我自己的钱,我就是要给你。"

小红鞋的表情很坚决。

"好,我收下来,"肚肚狼把钱放进口袋,"我肚肚狼会记住的。"

肚肚狼发现,小红鞋的脸色很苍白。

"你是不是病了,小红鞋?"肚肚狼问。

"我不告诉你。"小红鞋转过身,"我要走了,拜拜。"

"拜拜。"

肚肚狼看着小红鞋向前走去。

还没走出多远,有一个老太太急匆匆地赶过来,一把拉住了小红鞋。肚肚狼刚好能听见他们说话。

"你到哪里去了?急死我了。"老太太说,"你早饭吃了吗?"

小红鞋点点头:"是的,外婆。"

"你把两块钱都买早饭吃了?"老太太问。

小红鞋又点点头:"是的,外婆。"

"那就好。看你脸色这么不好,"外婆拉着小红鞋的手,"快回家休息去吧。"

走出几步远,小红鞋悄悄地回过头来,顽皮地向肚肚狼做了一个鬼脸,又悄悄摆了一下手,好像在说:"拜拜。"

肚肚狼呆在那里。

今天早上他已经是第二次呆在那里,什么话也说不出来。第一次是他的假伤被小朋友看出来,第二次是现在,他知道了,小红鞋给他的钱,原来是她的早餐啊,而且,她看起来脸色苍白,好像有病的样子。

"我真浑!"

呆了好一会儿之后,肚肚狼狠狠地打了自己一拳。

肚肚狼两眼发黑,金星乱冒,他被自己这一拳打得痛昏过去了。

——这回他打在了额头上,那里,有一个被桌子撞出来的真伤口。

被盗的窨井盖

5月6日

今天去给肚肚狼送饭。他也挺倒霉的,窨井盖被盗,却成了他的负担。这马路又不是他的……不过,肚肚狼有时候真是憨得可爱、傻得可爱。

天快黑的时候,玉碎先生按照以往的时间,去街上买了四个肉包子。玉碎先生把肉包子放在保温瓶里,这样,放上半个小时,肉包子拿出来保证还是烫的。

有时候,玉碎先生总是把自己那个先吃了。可是,今天他没吃。

"等肚肚狼回来,跟他一起吃吧。"玉碎先生想。

他估计,等回到家,肚肚狼也应该回来了。

玉碎先生看了一下他的金表,它又停了,停在下午五点半上。——也就是说,现在是下午五点半以后。

玉碎先生在家里等了半个小时,肚肚狼没回来。又等了半个小时,肚肚狼还是没回来。

"难道他今天又要加班?"玉碎先生想,"我得去看看他。如果他加班的话,我算是给他送饭吧。"

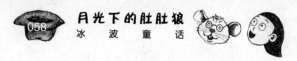

他拎上那只保温瓶,去看肚肚狼了。

外面天已经很黑了。

"估计我那表已经停了好久了,看天色,现在应该是晚上九点钟的样子了……"

玉碎先生想着,脚步加快了。

到了肚肚狼上班的地方,玉碎先生大吃一惊。

第一,肚肚狼没坐在原来那个墙角,而是移到了前面三步远的地方;第二,肚肚狼的面前并没有放那顶帽子,也没有喊"行行好吧,可怜可怜肚肚狼",而是在喊:"小心啊,小心掉下去!"第三,他身上所有的有血的绷带、模拟疤痕的面条,全没了。

总而言之,他那副样子,不像是在加班,而像是做纠察。

"我说,肚肚狼!"

玉碎先生气呼呼地站在肚肚狼面前。

肚肚狼看见玉碎先生,不好意思地笑笑,说:"刚才我把自己打晕了,等我醒过来,就发生了一件案子……"

肚肚狼用手指了一下他面前的地上。

地上是一个大大的、黑黑的、深深的圆洞。

"窨井盖被盗了。"肚肚狼说。

"我说,窨井盖被盗,跟你有什么关系?"

"没办法,如果我不看着点,会有人掉下去。"肚肚狼说,"这是我的工作环境,我不管谁管?"

"……"

玉碎先生不说话,自己拿一个肉包子,再把保温瓶递过去:"吃饭吧。老规矩,只能吃两个哦。吃吧。"

肚肚狼饿极了,大口地吃着肉包子,直到把自己噎住。

"我说,那你一直在这里看着?不睡觉了?"玉碎先生问。

"不会啦,我已经想好主意了,"肚肚狼看看周围,诡秘地靠过来,跟玉碎先生耳语,"等到夜深人静,没什么人走过这里的时候,我会去别的地方再弄一个窨井盖来……"

"弄一个?"玉碎先生说,"你的意思是到别处偷一个来,盖在这里?"

"……是的,"肚肚狼又不好意思地笑笑,"有点自私是吧?没办法……"

肚肚狼把保温瓶交还给玉碎先生,守规矩的肚肚狼,乖乖地留着一个肉包子没吃。

"唉,我也管不了你这么多,"玉碎先生准备回去了,"你自己小心就是。"

"放心吧,我会把一切搞定的。"肚肚狼朝着玉碎

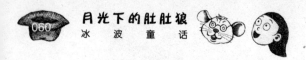

先生的背影说。

走出好远的玉碎先生又折了回来,把保温瓶交给肚肚狼。

"把这个也吃了吧,"玉碎先生说,"夜宵我另外再买吧,如果你回来的话。"

肚肚狼有点喜出望外,赶紧接过来,拿来就吃,差点又把自己给噎住。——就是再吃三个肉包子,对肚肚狼来说也全不在话下。

玉碎先生走了。

走出好远,他回过头来看看,发现肚肚狼不断在那里指手画脚,对过往的人说话。

"我猜,他一定是在说:'小心啊,小心掉下去'。"玉碎先生想。

他拎着空空的保温瓶,心里反而比刚才踏实一点了。

"看来,以后应该每次多买一个肉包子了……"玉碎先生想。

奖金不如一个窨井盖

5月8日

　　天下有这样的人吗？——不要奖金，只要一个窨井盖。有那样的人，那就是肚肚狼。这个肚肚狼，我正在慢慢重新认识他……

　　行人渐渐稀少起来。

　　这时候，大概已经是晚上十一点多了。肚肚狼准备去实施他的计划——去偷一个同样的窨井盖来。

　　离开之前，他还是有点不放心那个没了盖的窨井。

　　"这样吧，我把我的帽子留在这里。走过这里的人，看见地上一顶帽子，就会注意朝地上看一下，这样，他就会看到这个没盖的窨井了……我想不会有人要我的帽子的……"

　　肚肚狼这么想着，把帽子摘下来，放在窨井旁。

　　离开几步，回头看看不放心，他又上前把帽子再踩几脚，让它变得更皱巴巴。

　　"这样，我的帽子才不会有人捡去，"肚肚狼对自己说，"这可是我的吃饭家伙。"

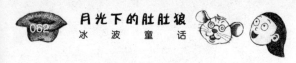

他拿出一根尼龙绳,把那个窨井口量了一下。

"一会儿去偷盖子的时候,可别弄错了型号。"肚肚狼对自己说。

肚肚狼手里拿着尼龙绳,东张西望地走着,他心里好紧张。每看到一个窨井盖,他都会走上去,用尼龙绳量一量,看是不是他要的那一款。

他看了好多个窨井盖了,但是都看不上。

有的型号不对,那个型号的窨井盖比较薄,而他被盗的那个,又厚又重,是加料货。还有的虽然型是对的,但不是太脏,就是太锈,要不就是太旧,最关键的是,没有一个窨井盖像被盗的那样——连上面的花纹都是闪闪发亮的!

当肚肚狼对一个一个窨井盖又看又量的时候,有一个人悄悄盯上了他,并且在不远不近的地方,一直跟着他。

肚肚狼一点儿都没有察觉。

当肚肚狼又看到一个窨井盖,低下身去量的时候,那个人赶上来,在他的肩膀上拍了一下。

这可把肚肚狼吓了一大跳!他差点摔倒在地上,以为碰上了警察。

那个人并不是警察,身上的衣服比肚肚狼也好不了多少。

"伙计,你也是干这个的?"那个人神色诡秘。

"我,我……干什么的?"肚肚狼不明白那人说话的意思。

那个人又拍一下肚肚狼的肩膀:"我跟你好久了,早看出来,你不也是干这一行的吗?"

那个人说着,用手指一下窨井盖。

"哪一行?我……还是不明白……"肚肚狼说。

"别装了,我跟你好久了,"那个人说,"一定要我点穿,你不就是偷窨井盖去卖钱的吗?告诉你,我也是干这一行的。"

"啊?"肚肚狼一阵紧张。

原来,我那里的窨井盖,就是他们偷去的!

"我现在正缺人手,"那个人靠近来,"明天晚上,我们有一场大行动,你一起来加入,怎么样?"

"啊……哦……唔……"肚肚狼含含糊糊地发着不明确的声音。

"明天晚上就这个时候,在这里集合,到时候,我会把所有的弟兄全叫上,我们要偷遍全城的窨井盖!"

"啊……哦……唔……"

"好,明晚,不见不散。"

那个人说完,以很快的脚步离开了,迅速消失在黑夜里。

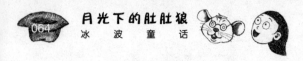

肚肚狼傻站在那里,心跳得好快。

接着,肚肚狼也以很快的脚步离开了。

他没有消失在黑夜里,而是走进了亮着一盏红灯的警察局值班室。他把刚才遇到的事,全部报告给了警察。

第二天晚上发生的事,是可以想象得到的。

一张看不见的网,悄悄地撒开了。许多警察穿着便衣,打扮成各种各样的人,散布在各个地方,确切地说,是散布在每一个离窨井盖不远不近的地方。

肚肚狼站在昨天晚上遇见那个人的地方,为了不惊动那个偷窨井盖的团伙,他必须站在那里。

"我好害怕,我好紧张,我心跳得好快……"

肚肚狼发觉自己的腿也在抖着。

一辆卡车开过来了,到了肚肚狼的身边停下。昨天晚上那个人从车上跳下来,拍了一下肚肚狼的肩膀,说:"好样的,你来了。事情成了,会给你分一份的。"

接着,那个人向车上一车的人说:"每到一个地方放下一个人,大家行动要快。"

肚肚狼非常害怕,他真的没有想到,竟然开着卡车来偷窨井盖。

"警察,警察,你们可要看着点啊,好怕……"肚肚狼在心里暗暗叫着。

卡车消失在黑夜里。开一段路,就会从车上放下一个人。

"来,伙计,快来帮忙啊,我一个人撬不动。"那个人说。

当那个人拿着一根撬棒,去撬窨井盖的时候,肚肚狼忽然举起双手,大喊起来:

"救命啊,我的肚子感冒啦!"

这是警察跟他约定好的。这是为了保护肚肚狼,免得以后遭到那个人的报复。

听到喊声,警察冲出来了,一下把正在作案的那个人逮个正着。

其他窨井盖旁边的情形,跟这里差不多。也是在小偷正在撬窨井盖的时候,被冲出来的警察抓住了。唯一不同的是,别的地方没有肚肚狼来先喊"救命啊,我的肚子感冒啦",这给警察准时冲出来多少带来一点麻烦。

破了这个案子,警察局局长高兴得鼻子上直冒汗。要知道,破案之前,他不断接到窨井盖被盗的报告,甚至还有老人或者小孩子掉进窨井里受伤的报告。

"以前,警察局都快变成窨井盖发货站了,"警察局长说,"现在好了。"

这时候,警察局局长看到了站在他面前,正在不安地搓着手的肚肚狼。

"对了,按照规定,我们要给提供重大线索者以奖

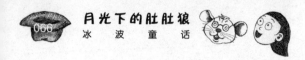

励。"警察局局长说着,打开一个本子查起来,他要查一下奖励的标准是什么。

"这个……噢,查到了,"警察局局长说,"按照标准,你可以得到两千元的奖金。恭喜你,肚肚狼……先生。"

警察局局长犹豫了一下,终于在肚肚狼的名字后面加上先生两个字。

"我不要奖金。"肚肚狼说。

"你不要什么?"警察局局长以为自己听错了。

"我不要奖金,"肚肚狼又说了一遍,"能不能换别的?"

"换什么?"

"我要一个窨井盖。"肚肚狼说。

"啊?又是窨井盖!"警察局局长鼻子又开始冒汗了,不过这次可不是因为高兴。

"窨井盖又不是年糕,你要它干什么?"警察局局长百思不得其解。

"我知道有一个地方少了一个,我要把它盖上。"

警察局局长终于明白肚肚狼的意思了,他立刻叫一位警察陪肚肚狼去库房领一个窨井盖。

肚肚狼在库房翻来翻去,看了这个又看了那个,挑了好久,这让陪他去的警察非常不耐烦。

最后,肚肚狼当然挑了一个特别好的窨井盖:花纹清晰无断线,盖面平整无毛刺。

"至于花纹不太亮,我慢慢会把它擦亮的,"肚肚狼满意地想,"总的来说,这是一块比较完美的窨井盖……"

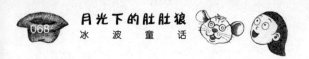

又一个月圆之夜

5月21日

　　最近肚肚狼好像变得心神不宁,问他也不肯说。今天又是月圆之夜了。这一个月发生了许多事,黑宝石也增加了好几颗。我期待能出现奇迹。让肚肚狼变身的时间延长吧,延长吧……

　　第二天,城市里那份最大的日报上登出了一则新闻,上面有五段写了采访警察局局长的内容,警察局局长很谦虚地表示他只不过周密地制订整个抓捕计划,主要功劳还是靠警察们。然后,有六段描写警察们是如何勇敢机智地出击。其中,有一句话写道:"当天夜里,有市民积极配合了警察局的这次行动,因而一举破获了这个盗窃窨井盖团伙……"

　　肚肚狼看了报纸非常激动。

　　"看到没有,看到没有?'有市民积极配合……',那个'市民'就是我啊,虽然没有写我的名字,但那就是我!"

　　肚肚狼对玉碎先生说。

"你再看这里:'一举破获',说的也是我。"

"不会吧,"玉碎先生说,"这怎么说的是你呢?"

"那时,我手一举,喊道:'救命呀,我的肚子感冒了!'所以,才破获了盗窃团伙。所以,这篇文章要强调'一举'这两个字……"

"可是,谁能证明是你啊,你连奖金也没有拿到。"玉碎先生阴阳怪气地说。

"这……"肚肚狼一下就像泄了气的皮球,"反正我知道那就是我,这是最重要的……"

好多天过去了。

几乎天天是这样:每当行人比较少的时候,肚肚狼就会掏出一块抹布,细细地去擦那个窨井盖。一边擦窨井盖,一边想心事。

最近肚肚狼有心事。

肚肚狼的心事就是:他想见到小红鞋。

为什么这么想见到小红鞋呢?肚肚狼就是想告诉小红鞋两句话:第一句:以前,他干过坏事,比如,假装受伤来骗取大家的同情。第二句,后来,他也干过一件好事,比如,因为有了他很关键的"一举",所以破获了一个盗窃团伙。

自从那次她把自己买早餐的两元钱给了他之后,一直就没有再见到过小红鞋。肚肚狼一直记得,他见她的

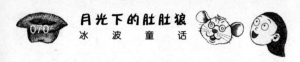

最后一面,她的脸色是那么苍白。

"她不会是病了吧?"

肚肚狼常常这样心神不定地想。

肚肚狼这样心神不定,还有另外一个原因,那就是,今天又是月圆之夜了。

"今天半夜,我又要变身了。这次变身,时间会不会延长呢?"肚肚狼想。

当天快黑的时候,肚肚狼回到了家里。

玉碎先生正在家里来回地踱步,一边踱步,一边嘀嘀咕咕,还不断地甩他的手,为的是让表不要停下来。——今天,手表不停又变得非常重要。

像上一次那样,在晚上十点多的时候,他们出发去孤山,也像上次一样,玉碎先生要先去城里市政府大楼去对一下表。

当他们到达孤山山顶的时候,玉碎先生铺开一块布,让肚肚狼坐在上面,而他自己则在一旁吃他的花生米。

玉碎先生看起来好像非常紧张,他不停地往嘴里丢花生米,很快就把一包花生米都吃完了。

吃完花生米的玉碎先生,开始站起来原地跑步,一边跑,一边甩着戴手表的手。

在这个过程中,肚肚狼一直坐在布上看着月亮。

半夜零点终于到了!

在月亮变得最圆的那一刻,肚肚狼变身了。

一位英俊潇洒、穿着漂亮礼服的王子,正翩翩走来。

王子面带微笑,昂着他那神气又英俊的头,他开始唱歌了。

> 微风是我的头发,
> 月亮是我的眼睛,
> 带着我的歌,我要来看你,
> 就像以往你一直在看我一样……

在王子唱歌的时候,玉碎先生不断地看表,也不断在摇着他的手,不让表停下来。

终于,王子的身影慢慢淡下去,然后,忽然一下就不见了。

布上,又出现了抬头望着月亮的肚肚狼。

玉碎先生赶紧看手里的表。

"二十四分钟!王子一共出现了二十四分钟!"玉碎先生欢呼起来,"延长了!延长了六分钟哪!"

玉碎先生的欢呼,把肚肚狼从朦胧中唤醒过来。

"真的吗,玉碎先生,真的延长了六分钟?"肚肚狼问。

"当然!我的金表告诉我的!它没停过,当然,如果停过更好,说明时间更长!"玉碎先生差不多是喊着在说话。

"是不是轻点,玉碎先生?"肚肚狼提醒道,"人家会以为是早晨鸡叫了。"

玉碎先生终于慢慢平静下来了。

"我说,我的判断就是对的,只要神秘扑满里的黑宝石增加了,你变身的时间就会延长。"玉碎先生显得很得意,"今天我请客,我们去吃夜宵。"

"太好了!"肚肚狼高声叫起来。

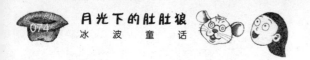

小红鞋不见了

5月22日

  肚肚狼见了那个叫小红鞋的女孩,好像掉了魂似的。肚肚狼为什么要去找她呢?在我看来,赶紧攒黑宝石才是最重要的。

  他们收拾好地上的布,准备下山。
  就在这个时候,他们听到一个轻轻的声音。
  "肚肚狼。"
  那个声音细细的,在半夜里听来,真的让人害怕。是谁在叫?
  "肚肚狼。"那个声音又叫了一声,"是我。"
  这时候,从树下走出一个小小的身影。
  "啊,小红鞋?"肚肚狼惊叫起来,"大半夜的,你怎么会在这里?"
  肚肚狼看见,小红鞋的眼睛里闪着泪光。她刚才在哭。
  "我刚才在那边看月亮,"小红鞋指了一下山的南边,"后来看见这里非常亮,还有很美的歌声,我就赶紧过来……"

"哦?"肚肚狼和玉碎先生互相看了一眼。他们两个心里明白,这个秘密是不能说出去的。

"不会吧,小红鞋,"肚肚狼说,"可能你是看花眼了。"

"不,我没有。"小红鞋说,"刚才的歌声,现在还在我的心里面响呢。就在这里,你们难道没看见吗?"

"我……我们……"肚肚狼结结巴巴不知道该说什么。

"是的,我们没有看见,小姑娘。"玉碎先生接过肚肚狼的话。

小红鞋没有理玉碎先生,她转过脸来,看着肚肚狼。

"肚肚狼,刚才是不是你在唱歌?"小红鞋问。

"我,我……不……"肚肚狼支支吾吾地。

"我怎么觉得是你在唱歌,但又觉得不像。"小红鞋有点恍惚地说。

肚肚狼赶紧转移话题:"小红鞋,我刚才问你,这么晚了你怎么会在这里?"

"明天我要住院了,因为我生病了。外婆说,我可能会住很长时间的医院,不能随便出来了。今天是最后一晚,我来看看月亮,也看看这个城市……"

小红鞋望着下面一片星星点点的灯光。

是的,在孤山顶上,可以看见整个城市。

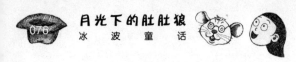

肚肚狼也站在小红鞋身边,望着这个城市星星点点的灯光。

玉碎先生觉得无聊,先是坐在石头上发呆,后来就睡着了。

过了一会儿,肚肚狼转过头来,发现小红鞋已经不见了。

"小红鞋,小红鞋!"肚肚狼喊着,"小红鞋,你在哪里?"

玉碎先生睁开眼睛,说:"我不叫小红鞋。"

"谁叫你!"肚肚狼一副魂不守舍的样子,"小红鞋,你在哪里?"

当肚肚狼跟着玉碎先生一路下山的时候,一直在自个儿嘀咕。

"我刚才看灯光看得太出神了……她还没说住在哪个医院呢……"

玉碎先生带着肚肚狼走进一家点心店,要了两客汤包。

"来,这是你最喜欢吃的!"玉碎先生说。

"哦。"肚肚狼嘴里应着,心里却在想别的,"玉碎先生,问你件事。我变身的事,为什么不能告诉别人?"

"嘘,轻点!"玉碎先生诡秘地说,"我说,如果你将来变身的时间延长到二十四小时,你将再不会恢复到你现在这个样子,也就是说,你将永远是那个光彩照人的王子,而且是一个歌王。你将会是一个世界奇迹……"

"是吗……"

"一个世界歌王,怎么能曾经是一个乞丐呢?你的身份应该是一个谜。"

"曾经是乞丐又怎么样呢?"肚肚狼问。

"那你的身价就会大跌!"玉碎先生说,"我的脸上也无光,我说,我可是个贵族,怎么能和一个乞丐……"

说着,玉碎先生上上下下看了肚肚狼一遍,眼神里满是瞧不起。

"所以,你可千万不能把变身的事说出来!不然,你就完了!"玉碎先生警告道。

"那可真难受……"肚肚狼嘀咕着。

肚肚狼第一次吃不完他自己那份汤包,他一直心神不定的样子。

肚肚狼忽然说:"我要去找小红鞋!"

玉碎先生听了,忽然警觉起来:"你不会是想告诉她,你变身的事吧?"

"我……她给过我钱……"

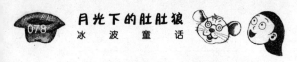

"给过你钱的人多了……"

"可她给我的是她的早餐钱,现在她病了。"肚肚狼说,"她是看了我的假伤才……"

肚肚狼显得很难过。

"反正你什么都能说,就是不能说变身的事!"玉碎先生说。

玉碎先生有点恼火了。

"看着肚肚狼那熊样,真是恨铁不成钢啊……"玉碎先生想。

"我一定要找到她……"肚肚狼自言自语地说。

第十三家医院

5 月 29 日

好多天了,肚肚狼不知道在干些什么。他交来的钱一天比一天少。每天回来,又看他很累的样子。这样下去,黑宝石增加得太慢了……

这一个星期以来,肚肚狼还是每天一早就出门,到那个老地方上班。

他把帽子放在地上之后,并不像往日那样喊"行行好吧,可怜可怜肚肚狼……",而是从口袋里摸出一张地图,细细地看起来。

他那副样子,那里像一个乞丐,明明是一个旅游者。

所以,谁也不会往他的帽子里丢钱的。

肚肚狼的收入越来越少了。

肚肚狼在看的是一张本市的地图。在这张地图上,已经有十二个地方做了记号,那些记号都做在有一个红十字标记的地方。我们都知道,地图上的红十字标记,表示那是医院。

"已经找了十二家医院,都没有找到小红鞋。"肚

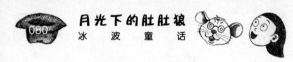

肚狼自言自语地说，"今天的任务是找第十三家医院。"

肚肚狼已经找过的十二家医院，都是本市的大医院。这第十三家医院，是一家小医院，它的名字叫"爱心医院"，地点在孤山脚下。

"那个地方我熟的，现在就去。"

肚肚狼收起地上的帽子，往爱心医院走去。

很快肚肚狼就遇到了麻烦：医院的门卫不让他进去。

"去去去，乞丐不能进去！"

肚肚狼也不跟他争辩，转身就走开了。

"没办法，只能使用这一招了。"肚肚狼走到墙角没人的地方，把包在头上的绷带解下来，露出了他额头上那个被桌子撞出来的口子，它看起来显然还没有好。

肚肚狼朝伤口猛地打了一拳。

"哎哟！"

肚肚狼大叫一声，痛得差一点晕倒。他站不住了，索性在地上坐下来，等着痛劲儿过去。

他感觉到有热乎乎的血流下来了。

"好了，这样我就可以进医院了。"肚肚狼说着，摇摇晃晃地站起来，再次走进医院去。

门卫看到他满额头在流血，果然没有拦他。

进去之后，肚肚狼再把解下来的绷带重新扎好。

额头上一阵阵的痛。

"这点痛算什么,重要的是我已经进来了。"

肚肚狼直接去住院部大楼。在住院部的大厅里,他仔细看着指示牌。

"嗯,看来二楼、六楼和八楼不用去找了,别的楼层都得仔细找找……"肚肚狼自言自语地说。

因为二楼是男科病房,六楼是产科病房,八楼是老年病房。

肚肚狼一层一层找,一个病房一个病房找,一张床一张床找。

"绝不冤枉一个假的,也绝不放过一个真的……"肚肚狼想。

在有的楼层,肚肚狼也会遇到一点点小麻烦。

比如,当他走到四楼的时候,有一个护士问他:"先生,你找谁?"

肚肚狼说:"我不找谁,我找我自己的床位。"

说着,他指指自己头上带血的绷带,表示自己也是一个住院的。

护士迷惑地说:"这里不会有你的床位吧?因为这里是泌尿科……"

肚肚狼含含糊糊地说:"是吗?泌尿科?住泌尿科的就不许头上受伤吗?"

他还是坚持把这个楼层的每一个床位都看完。

找到最顶层——十二楼的血液科病房,找到第五间病房时,肚肚狼的眼睛一亮,差一点叫出声来。

小红鞋!

没错,躺在床上的小姑娘,正是小红鞋!

"小红鞋!"

"肚肚狼!"

"我找了你好久,"肚肚狼说,"这是第十三家医院,才找到,嘿嘿。"

小红鞋看到肚肚狼,非常高兴,她真没想到肚肚狼会来找他。

"你为什么要找我啊?"小红鞋问。

"我来还你钱。"肚肚狼说。

肚肚狼把特别留好的两个崭新的一元硬币,放到小红鞋的手里。硬币有点温暖,因为它们一直放在肚肚狼最里面的口袋里。

"你找了我这么多天,就是为了来还我两元钱?"小红鞋说。

"……还有很重要的事跟你说。"

小红鞋笑得很开心:"是吗?那你说吧。"

"这个……那个……嗯……"

肚肚狼原来想好了一大段话要对小红鞋说,自个儿练习的时候，在心里说得挺顺畅，可现在他却全忘了，不知道从哪里说起。

"这个……那个……今天天气……对了！"肚肚狼说到这里，忽然想起来最最重要的事还没有问，"你得了什么病啊，要住在血液科病房？"

刚刚还挺高兴的小红鞋，忽然脸色阴沉下来。

"白血病……"

"啊？"肚肚狼差点跳起来，"白血病？这……这不是治不好的病吗？"

"是的……"

小红鞋说着，眼泪就流下来了。

肚肚狼呆在那里。

本来想告诉她，他肚肚狼曾经做过坏事——用假伤骗取人们的同情，也曾经做过好事——"一举破获"了一个偷窨井盖的团伙……现在看来，再说这些，已经一点意思也没有了。

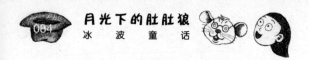

我想去练唱歌

5月28日

　　真是奇怪,不知道肚肚狼哪根筋搭错了,居然要去学唱歌。就凭他那破嗓子?他以为他是变身后的他啊?最最要紧的是,他把买黑宝石的钱死活要回去,要去买什么吉他……

　　"我要去学唱歌!"

　　肚肚狼憋了半天,终于说出这样一句话。

　　"为什么你要学唱歌?"小红鞋问。

　　"为什么,为什么……"肚肚狼自己也在想理由,"你不是喜欢听我唱歌吗?"

　　"听你唱歌?"

　　肚肚狼忽然发现自己说漏嘴了。

　　"如果我学好了,你就会喜欢听我唱的。"肚肚狼赶紧改口,"对了,那天在孤山顶上,你听到唱歌了?"

　　一说到那天晚上在孤山顶上的事,小红鞋的表情马上就变好了。

　　"那是我从来没有听过的歌,我还记得歌词呢:微风是我的头发,月亮是我的眼睛,带着我的歌,我要来看你,就像以往你一直在看我一样……"

小红鞋回忆着那天晚上的情景,好像完全陶醉了。

"我觉得那歌就是唱给我听的,"小红鞋说,"他是一个王子……可是,为什么我还没有看清他,他忽然就不见了呢?"

"大概,他回去了吧。"肚肚狼说。

"不会吧,我没看见他走路,他是忽然之间没的。"小红鞋说,"真想再听一次他唱的歌……"

肚肚狼呆了一会儿。

"其实,"肚肚狼说,"那支歌,我也会唱的……"

"你也会?"小红鞋一下子精神起来,"真的?"

肚肚狼很酷地点点头。

他心里想:这歌就是我唱的,怎么不会唱呢?

"咳咳……"肚肚狼清清嗓子,开始唱:

帽子是我的饭碗,
肉包是我的美餐,
带着我的空空的口袋,
我来要饭,
我是一个快乐的穷光蛋……

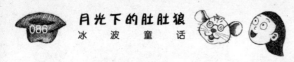

肚肚狼刚唱完,就赶紧捂住了嘴。

怎么回事?明明是想唱那首他变身之后曾经唱过的歌,怎么一唱出来,歌词也变了,声音也变了。

"哈哈哈,"小红鞋忽然大声笑起来,"肚肚狼,你可真幽默!"

"是吗……"

"我说你怎么会唱王子唱的歌呢?瞧你那歌词,听你那嗓子,哈哈哈,笑死我了……"

"嘿嘿嘿……"肚肚狼只好跟着笑,"因为唱得难听,所以我说要去学唱歌嘛……"

"学了你也唱不出王子那样的歌,"小红鞋说,"世界上,谁也唱不出他那样的歌……"

"那是那是。"肚肚狼应着,心里挺高兴的,"因为,那个王子就是我啊,嘿嘿嘿。"

"小红鞋,那你下次月圆之夜,你还要去听他唱歌吗?"肚肚狼问。

小红鞋摇摇头。

"为什么不去?你不是喜欢听吗?"

小红鞋说:"我现在没力气了,爬不到孤山顶的……"

忽然,肚肚狼心里产生了一个念头。

"小红鞋,我要告诉你一个秘密。下一次月圆之夜,王子不是在孤山顶出现，而是在——"

肚肚狼说到这里，停下来，看看小红鞋的反应。

"在哪里？在哪里？"小红鞋急着问。

"你跟我来，我告诉你。"肚肚狼说着，扶着小红鞋起来，扶着她慢慢走到窗边。

这个窗口面对的，正是医院的大门，大门里面，有一个圆形的喷水池，喷水池的中间，是一座漂亮的假山，上面正好有一块小小的平顶，这是医院里准备在那里放一个雕塑的。

肚肚狼指了一下那个准备放雕塑的地方："下一个月圆之夜，王子将会在这里出现。所以，到时候，你就会听到他唱歌的。"

"真的？"小红鞋有点不敢相信。

"真的，我保证。"肚肚狼说，"如果我说谎，就从这里跳下去！"

……

肚肚狼告别小红鞋，从住院部大楼出来的时候，经过了那个喷水池，他停下仔细地看着。他要熟悉这里的地形。

小红鞋从窗口探出头来，大声问。

"肚肚狼，这个秘密，你是怎么知道的？"

这个问题太难回答了。肚肚狼指指自己的耳朵，假

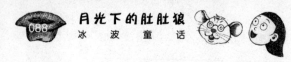

装没听到小红鞋的话,只是朝她连连摆手,意思是叫她什么也别问了,赶紧回到病床上去。

当肚肚狼回到家的时候,天快黑了。

玉碎先生一脸的不高兴:"你到哪儿去了?我没在你的岗位上找到你。"

"这个……嗯……我大概是去厕所了吧。"肚肚狼含糊地说。

玉碎先生把手向肚肚狼一伸:"把今天的钱交给我。"

肚肚狼也把手向玉碎先生一伸:"给我点钱。"

"什么?你今天的钱都没交,还跟我要钱?"玉碎先生差点跳起来,"你要钱有什么用?"

"买吉他。"肚肚狼还是把手伸着。

"买吉他?"

"是的。我想学唱歌。"

"学唱歌?"玉碎先生越来越吃惊,"我说,就你这个又沙又哑的嗓子,还学唱歌?"

"那是,我有自己的风格,"肚肚狼说,"再说,学唱歌也是业务需要,快给钱吧。"

"这倒也是……"玉碎先生想了想说,"唱歌总比哇啦哇啦叫'可怜可怜肚肚狼'的效果要好点吧……"

玉碎先生非常不情愿地拿出钱来交给肚肚狼。

"今天没拿进钱,反而拿出钱了,这黑宝石怎么能增加啊……"

这回轮到玉碎先生嘀嘀咕咕了。

沙哑的歌声

6月7日

好像有十天了吧,肚肚狼天天在弹吉他。真被他烦死了。不过,听多了,他的嗓音好像有一种特别的味道。

第二天,肚肚狼一早就出去,很快就拎着一把吉他回来了。

"我跟店老板说我要弹着吉他去要饭,他给了我半价,哈哈。"肚肚狼得意地说着,把找回来的钱交还给玉碎先生,然后,坐下来就开始弹。

"咦,你今天不去了?"玉碎先生问。

"不去了,"肚肚狼头也不抬,"今天业务培训。"

肚肚狼先在那里练和弦、练把位、练节奏,他的手指在琴弦上扫来扫去。

吉他发出难听的声音。

肚肚狼想:奇怪,我听人家弹吉他,声音很好听的,我弹怎么这么难听?

玉碎先生心烦得在屋子里踱过来踱过去,并且在耳朵里塞上棉花。

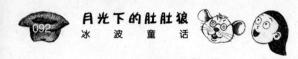

开始几天,肚肚狼只是练琴,后来几天,肚肚狼不但练琴,而且还同时练唱。玉碎先生就更加受不了了,只好在耳朵里塞上双倍的棉花。

一连十天,玉碎先生都是这么过来的。这对于高贵又喜欢安静的玉碎先生,实在是一种很痛苦的折磨。整天耳朵里塞着棉花,玉碎先生感觉自己的头都大了一些。说整天塞着,是因为晚上肚肚狼睡觉的呼噜也很响,所以睡觉也得塞着。

肚肚狼弹吉他和唱歌的进步非常快。就像无形中有一个老师在教他似的,他很快就弹得非常好了,节奏把握得非常出色,乐感也很棒,弹出来的伴奏,又流畅又有力。

肚肚狼用他有点沙哑的嗓子唱道:

老天,老天,
看看我在风里抖啊,
请给我一棵靠靠的树。
老天,老天,
看看我在山里转啊,
请给我一条走走的路。
哦哦……

那样的歌词,配上沙哑的嗓子,再配上肚肚狼自己编的旋律,听起来就是那么自然,那么真切。

肚肚狼唱完了,眨着眼睛看着玉碎先生,等着听骂声。

"……怎么样?"肚肚狼问。

"是这样,"玉碎先生说,"我已经决定,从现在开始,白天不再用棉花塞耳朵了。"

"这,是什么意思?"肚肚狼不懂。

"这就是说,你唱得非常好,我爱听。"玉碎先生说。

"真的?"

"不过,"玉碎先生接着说,"晚上耳朵还是得塞棉花,因为你的呼噜实在太难听。"

说着,玉碎先生把耳朵里的棉花拔了出来。

肚肚狼高兴得跳了起来。

"我去请别人也听听看!"肚肚狼说着,向门外跑去。

肚肚狼跑出去的时候,听到玉碎先生在后面喊:"你去请谁听啊?"

肚肚狼假装没听到,他在心里说:"请谁听,我才不告诉你呢。"

他抱着吉他,向爱心医院跑去。

他要去唱给小红鞋听。

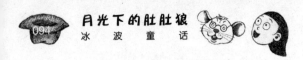

医院门口的保安又拦住他:"这里是医院,乞丐和卖唱的不许进去!"

肚肚狼不说话,走开去了。走到角落里,他又对准自己的额头上的伤,猛地打了一拳。

忍过一阵眼冒金星之后,血就从伤口流下来了。

他再往医院大门走去。

门卫哪里还敢再拦他。门卫忽然想起来,不让进医院他就把自己的头砸破,上次也是他。

"我得记住他,下回再也不拦他了。"门卫对自己说,"要是下回他改成把我的头砸破,我可吃不消。"

肚肚狼从身上掏出旧绷带,把额头一扎,像一个日本武士,非常高兴地跑进小红鞋的病房。

"小红鞋,我来给你唱歌,我来给你唱歌。"肚肚狼大声说。

全病房的人看着肚肚狼这副样子,觉得他很像小丑,都哄堂大笑。

肚肚狼一点也不在乎,也跟着大家一起笑。然后,他在吉他上拨出几个音,说:"可以开始吗?"

小红鞋开心地说:"嘻嘻,开始吧。"

"下面,请欣赏由肚肚狼作词作曲的《老天》。"肚肚狼认真地报了下节目。结果又引来了哄堂大笑。

肚肚狼把头上的绷带再扶扶正,弹出一个滑稽的前奏。

　　老天，老天，
　　看看我在风里抖啊，
　　请给我一棵靠靠的树。
　　老天，老天，
　　看看我在山里转啊，
　　请给我一条走走的路。
　　哦哦……

听着肚肚狼的歌，开始大家还笑着，但是，听着听着，就不笑了。大家就像看到了一个在风里抖的人，一个在山里转的人，看到了一个需要帮助的人。

肚肚狼刚唱完，掌声响起来了。

病房里所有听歌的人都感动了。

小红鞋的眼睛里还挂着泪。

"谢谢，谢谢。"肚肚狼向大家鞠躬。

大家看到，肚肚狼用绷带包着的额头正在渗出血来。

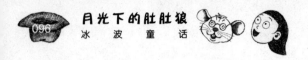

"把黑宝石卖掉!"

6月8日

越来越邪门了!肚肚狼不但不给我钱,还向我要钱买吉他,这也算了。现在居然把黑宝石要回去,说是去卖掉换钱。难道他不知道,买回来的宝石再卖掉,只能得一半钱吗?他是不是疯了?

"肚肚狼,真没想到,你唱得那么好!"

小红鞋的脸蛋红扑扑的,坐在病床上,非常开心。

"是吗?那我以后天天来给你唱好了。"肚肚狼看到小红鞋这么开心,也非常开心。

"而且,你现在看起来好帅。"小红鞋又说。

"没有啦,没有啦。"肚肚狼把吉他翻过来翻过去,好像手没地方放了,看得出来,他不好意思了。

忽然,小红鞋朝门口叫了一声:"外婆!"

病房门口,站着小红鞋的外婆。

外婆的脸上什么表情也没有,她走到床前,一把抱住小红鞋,什么话也不说。

"外婆,你怎么了?"小红鞋担心地问。

忽然，外婆的眼泪流下来了。

"红儿，我们得回家了……"外婆哽咽着说。

"原来，红儿就是小红鞋的小名啊。"肚肚狼想。

"为什么啊？是我的病好了吗？"小红鞋摇着外婆说。

外婆摇摇头，说："不是，红儿，我们……没钱了……不能再住院了……"

"要多少钱，要多少钱？"肚肚狼说，"我来付好了。"

外婆转过头来："你就是那位，在银行门口……那个……"

她不好意思说出那几个字。

"要饭的。"肚肚狼接着外婆的话说。

外婆又摇摇头："真谢谢你，可是，要很多钱，你也付不起的……"

外婆轻声地跟肚肚狼讲着她不幸的家：小红鞋的爸爸妈妈死得早，家里只有她和外孙女红儿两个人，她们的生活来源只有外婆的退休金。本来家里钱就刚刚够用，没想到，外孙女却得了白血病……

说完了，外婆抱着小红鞋，小红鞋抱着外婆，她们俩在一起哭。

肚肚狼一会儿搓着手，一会儿踱着步，不知道该怎

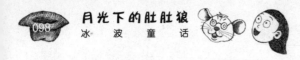

么办。

忽然,肚肚狼走到小红鞋面前,大声说:"小红鞋,你只等我一天,明天如果到晚上我还没有来,那你们再走……"

说到这里,肚肚狼一个转身,就走出病房去了。直到出了门,他也没有转过头来看一眼小红鞋。肚肚狼不敢,因为,他已经满眼是泪了。

肚肚狼回到了他的家。

玉碎先生很吃惊:"今天怎么这么早就回来了?"

肚肚狼没有回答。

玉碎先生注意到了肚肚狼的眼睛有点红。

"咦,你的眼睛怎么啦?怎么像是哭过的样子?"玉碎先生更吃惊了。

"是吗?"肚肚狼故意揉了一下眼睛,"刚才掉进了一粒沙子……"

"不会两只眼睛都掉进沙子了吧?那只也红的。"

"巧了,正是两粒沙子掉进了两只眼睛。"肚肚狼把手一挥,表示不愿意再谈这个话题,然后,把手向玉碎先生一伸。

"给我钱"

"干什么?"玉碎先生吓得赶紧往后一缩,"怎么又要钱?"

"有用。"

"废话,钱当然有用啦,还用你告诉我?"玉碎先生还想拖延,"今天想吃几个肉包子?"

"给我钱!"肚肚狼伸着手一动不动,脸上一点笑容也没有,让玉碎先生感到有点害怕。

"……没钱了,"玉碎先生说,"最后一点钱都用在买黑宝石上了……"

玉碎先生以为能躲过这一关了,没想到,肚肚狼又说出一句令他害怕的话来。

"那你把黑宝石给我。"

"什么?给你黑宝石?"玉碎先生差点跳起来,"黑宝石是你的命根子,要靠着它改变你的命运,知道吗?"

"我不管,给我黑宝石!"

肚肚狼盯着玉碎先生,看得他有点发虚。玉碎先生只好把两颗还没有丢进扑满的黑宝石放到肚肚狼手里。

"两颗不够。"肚肚狼把黑宝石往口袋里一放,又把扑满拿了过来,找来一根牙签,开始往洞里掏。

"肚肚狼,你干什么?你想把扑满里的黑宝石也掏出来?"玉碎先生急得大声叫起来。

"是的。"肚肚狼继续掏着。

肚肚狼的样子,真的令玉碎先生非常害怕。多么不

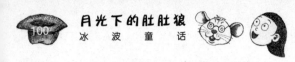

容易攒起来的黑宝石,有了它,就能延长肚肚狼变身的时间,就有希望让肚肚狼变成世界明星,可是肚肚狼,他是不是疯了?

叮的一声,掉出一颗,又叮的一声,再掉出一颗。

一会儿,肚肚狼的面前已经有一小堆黑宝石了。它们每一颗,都闪着丝丝的光亮。

肚肚狼把它们全部放进了口袋里,向门外走去。

玉碎先生死死地拦在门口。

"肚肚狼啊,你总要让我知道,我们这么辛苦攒起来的黑宝石,你要拿去干什么吧?"玉碎先生苦苦哀求。

"把黑宝石卖掉!"

"卖掉?你不知道,卖掉只能拿回一半的钱?"

"我不在乎。"肚肚狼说。

"你不在乎我在乎,你不能卖!"玉碎先生挡在门口。

这会儿,肚肚狼力气变得好大,一把就把玉碎先生推开了。

已经走到门外的肚肚狼,回过头来,扬扬手里的黑宝石,说:"对不起了,玉碎先生,这里有一个人的性命呢。以后,我一定会好好赚钱,这些黑宝石,我会买回来的。"

看着肚肚狼渐渐走远的背影,玉碎先生抱着空空的扑满,差不多要哭出来了。

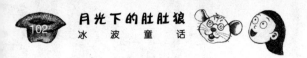

动人的歌

6月12日

前几天气得我要死。不过,现在我又看到了希望。我恐怕得做肚肚狼的经纪人了,他可能成为歌手。当然,这得看我的本事了。

肚肚狼把黑宝石全卖了,口袋里装着一大叠钱。他一只手紧紧捂住袋口,往爱心医院跑。

门卫一看是他,果然不敢再拦他,还提醒他说:"额头流血请去三楼包扎。"

不过这回肚肚狼额头并没流血。

到了小红鞋的病房,外婆正抱着小红鞋在流泪呢。

肚肚狼掏出那叠钱,交到了外婆手里。外婆和小红鞋都惊呆了,她们怎么也不能相信,穿着这么破烂的肚肚狼,口袋居然能摸出这么大一叠钱。

"快去办手续吧。"肚肚狼对外婆说。

外婆嘴唇抖着,说不出话来,只是连连点着头。

小红鞋只知道抹着眼睛哭,连谢谢也不会说了。

"别这样,别这样,"肚肚狼搓着手说,"等你病好了,等你长大了,你去挣钱,然后再还给我,好不好?"

小红鞋连连点头。

"那你,还有买饭的钱吗?"小红鞋问。

"你看,我不是已经学会唱歌了吗?等会儿,我就去唱歌,保证会有钱的,放心吧。我肚肚狼运气好!"

小红鞋终于笑了,点着头。

"你快睡觉吧,要听医生话哦,"肚肚狼搓着手,"我这会儿就去上班,好久没去了,还真想那里呢。嘿嘿。"

小红鞋乖乖地躺进被窝里。

当肚肚狼走到门口的时候,小红鞋伸出手,轻声说:"拜拜。"

"拜拜。"

肚肚狼也摆摆手,出了病房。

肚肚狼想:"我以为世界上就数我最没用了,没想到,我也有帮助别人的一天……"

走出医院时,肚肚狼看到天特别蓝,空气也特别清新。

肚肚狼背着吉他,再一次来到那个墙角。

他在面前放好帽子,坐下来,先轻轻地弹几把和弦。

琴声吸引了几个人,他们开始站在那里看。

肚肚狼故意再调一下音。

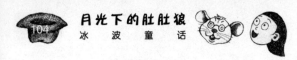

"让人再多些我才开始……"他心里想。

肚肚狼先演奏一支轻快的曲子《快乐小鸟》。

那是他自己编的曲子,曲子里轻快又俏皮的节奏,就好像有一只刚学会飞的小鸟,正在开心地试飞,一会儿摔一跤,一会儿撞一头,但还是在开心地飞着。

看看围上来的人越来越多,肚肚狼心里想:"现在可以开始了。"

"各位爷爷,各位奶奶,各位大伯,各位大婶,各位叔叔,各位阿姨,各位哥哥,各位姐姐,各位……"肚肚狼故意拖时间,他是为了人聚得更多点。

"行了行了,有完没完……"人群里有人表示不满意了。

肚肚狼这才真正开始:

"献给大家一首《老天》。"

老天,老天,

看看我在风里抖啊,

请给我一棵靠靠的树。

老天,老天,

看看我在山里转啊,

请给我一条走走的路。

哦哦……

肚肚狼一唱完,立刻响起了热烈的掌声。

起先大家还以为肚肚狼只会唱搞笑的歌,没想到,他的歌却让大家心里一阵阵发紧、一阵阵感动。他沙哑的嗓子,却有着意想不到的感染力。

肚肚狼又唱了几首自己编的歌。

好多人往他的帽子里丢硬币。

当肚肚狼看到人家往他帽子里丢硬币的时候,他想到了小红鞋那苍白的脸。

帽子里的硬币越来越多了。

这时候,肚肚狼想象中小红鞋苍白的脸,正在变得红润起来。

肚肚狼一直不停地唱着。

忽然,他发现,人群里有一个熟悉的身影,是玉碎先生!

肚肚狼想:"玉碎先生来干什么?"

原来,玉碎先生手里拿着个录音机,正在录他唱的歌呢。

"难道我在家里每天练琴练唱,他听得还不够,还要再录下来听吗?"

肚肚狼怎么也想不明白。

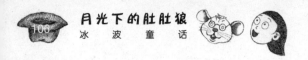

签约歌手

6月13日

　　我越来越觉得自己很聪明。由于我的努力,肚肚狼要进入天籁剧院了!或许,一个流行音乐明星要诞生了。

　　当肚肚狼还在那里唱的时候,玉碎先生悄悄离开了。

　　不过他没有回家,而是直接赶到了天籁大剧院。

　　天籁大剧院是世界有名的音乐表演场所,它属于著名的天籁乐团所有。天籁乐团也是世界著名的大乐团,拥有许多世界级的音乐明星。

　　玉碎先生找到了天籁乐团的团长。

　　"一个流行音乐明星就要诞生了。"玉碎先生对团长说。

　　"是吗?"团长不动声色,他可是见得多了。数不清的歌手来推荐自己的时候,都认为自己将会成为明星的。

　　玉碎先生掏出了那盒磁带:"你自己听听看吧。"

团长把磁带放进录音机里,按下了开关。喇叭里传出了肚肚狼的歌声,还有现场鼓掌声。

听着听着,团长的表情在起变化。

从表面上看起来,团长的表情是从微笑着开始,越听就越变得严肃,到最后,他连眼睛也不会转动了,直盯着空中的某个地方。当他把全部磁带听完的时候,还呆在那里,好像连磁带听完了都不知道。

"咳。"玉碎先生轻轻咳嗽了一声,这是在提醒团长。

团长这才清醒过来,问出了一连串的问题:

"唱歌的这人是谁?他在哪里?有没有与人家签约?歌词是谁写的?曲子是谁写的?有人伴奏还是自弹自唱?是不是……"

"尊敬的团长先生,"玉碎先生打断了团长,"这个……你是不是应该问完一个问题再问第二个?"

团长也意识到自己过于激动了。不过,作为一个爱音乐如同生命,希望搜罗天下所有一流歌手的团长来说,听到这样一盒磁带,怎么能不激动呢?

"来来来,坐下来,我们慢慢谈。"团长说。

玉碎先生就等着他这句话:"慢慢谈,慢慢谈。"

……

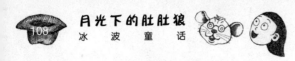

肚肚狼口袋里装满了硬币,沉沉的。

当他回到家的时候,天已经快黑了,玉碎先生正坐在家里等他。

肚肚狼把所有的硬币"哗"的一下全倒在桌子上,看起来是很壮观的一堆。

"怎么样,我厉害吧?"肚肚狼得意地说,"你从来没见过这么多钱吧?"

玉碎先生鼻子里哼了一声,翻着白眼望着天花板。

"这点钱算什么……"玉碎先生看也不看那堆硬币,"明天,你不用再去那里唱了。"

"为什么?"肚肚狼大吃一惊,"我刚刚获得成功呢!"

"一个天籁乐团的歌手,怎么能到那种地方去唱呢?"玉碎先生说。

"你在说什么啊?"肚肚狼听不明白。

"我告诉你,你已经是天籁乐团的签约歌手啦!"

说着,玉碎先生从口袋里掏出一份合同。合同上,前面写着肚肚狼的名字,后面盖着天籁乐团的大红印章。

"怎么样,做梦也没有想到吧?"玉碎先生显得非常得意,"你会成为天籁乐团的签约歌手!"

"可是,可是……"

这个消息来得太突然,肚肚狼还接受不了。

"今天有人跟我约好,明天还要来听我唱呢……"肚肚狼嘀嘀咕咕地说,"有一个老爷爷,还说明天要带个椅子来,坐着听……"

"瞧你那点出息!"玉碎先生恼火地说,"不跟你说了,明天跟我去天籁乐团!"

玉碎先生躺到床上睡觉去了。

他大概因为太生气,忘记给肚肚狼今天的晚饭了。

肚肚狼也躺到床上去。他虽然饿着肚子,但是,却一点也不想吃东西。

白天他唱歌的场面又浮现在他的脑海里。他忽然觉得,他多么喜欢每天去的那个墙角,在那里,他觉得自由自在。可是明天,他却要去什么天籁乐团了,这让他感到既担忧又害怕。

"唉,我大概真是太没出息了,应该去天籁乐团才对……"

肚肚狼也想劝劝自己。可是,当他快要睡着的时候,不由得感叹:

"唉,想来想去,我还是喜欢待在墙角……"

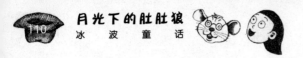

天籁大剧院

6月15日

　　肚肚狼慢慢会适应新生活的。即使他成不了变身后的那个王子,能做一个流行音乐歌手,也算成功了。不过,怎么会明天就要演出呢?太快了吧。

　　肚肚狼跟着玉碎先生来到了天籁大剧院。
　　刚进剧院大厅,肚肚狼先摔了一个跟头。因为大理石地面实在太滑了。
　　他们来到团长的办公室。
　　看到肚肚狼穿得这么破烂,团长立刻吩咐手下送一套西装过来。一会儿,手下就送来了一套崭新的西装。
　　"请换上。"团长说。
　　"可是,"肚肚狼犹豫地说,"穿上新西装,我会要不到钱的……"
　　团长听不明白,问玉碎先生:"他说什么?"
　　玉碎先生赶紧说:"噢,他是担心穿上新西装,会不会不容易和老百姓打成一片。"
　　"哦,是这样,这不用担心,"团长说,"等你在天籁大剧院演出之后,你将变成一个大名人,走在路上谁都会认识你。"

肚肚狼只好换上了西装。他觉得这西装硬的像铁皮做的。

玉碎先生悄悄向肚肚狼使眼色,可别再说错话了。

"现在,你们去排练厅吧。"团长说。

玉碎先生领着肚肚狼来到了排练厅,肚肚狼将在这里进行演出之前的排练。

一支交响乐队已经等在那里了,看到肚肚狼进来,指挥一扬手里的指挥棒,音乐骤然响了起来。

由于音乐响得太忽然,声音又太大,肚肚狼摔了第二个跟头。

"快爬起来,继续排练!"指挥说。

乐队重新开始奏出前奏,当轮到该肚肚狼唱时,他大声唱起来:"老天,老天,看看我在风中抖啊……"

"停,停!"指挥叫道。

乐队的伴奏立刻停了。

"你刚才唱得什么?"

"老天,老天,看看我在风中抖啊……"肚肚狼说。

"这么老土的歌词,也敢到这里来唱!"指挥做出很惊讶的表情,"你知道这里是什么地方吗?是华丽高雅的天籁大剧院!有句话叫做'不登大雅之堂',说的

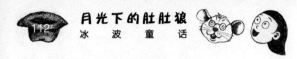

就是你这种情况！"

"哦，"肚肚狼说，"那我回去？"

在台下的玉碎先生急了，大声叫起来："肚肚狼，你不能走，你是签约歌手啊。"

指挥想了想说："这样吧，换首歌唱。"

说着，指挥递过来了一张歌谱。这是一首很抒情的歌曲，歌名叫做《花瓣儿和露珠儿》。歌词是这样开头的："甜甜笑着的花瓣儿，爱着脸上的露珠儿……"

"这个，这个……"肚肚狼为难地说，"我这样的嗓子，能唱这种歌吗？"

"唱！"指挥说着，一挥指挥棒，乐队开始了前奏。

肚肚狼沙哑的嗓子开始唱起来："甜甜笑着的花瓣儿，爱着脸上的露珠儿……"

在台下听的玉碎先生，不禁在心里想："听起来真有点肉麻……"

忽然，肚肚狼"噗"的一声笑了出来，他自己也觉得很滑稽，他实在唱不下去了。

这下，指挥火了，他把指挥棒一扔，甩手走人了。

"哼，不练了！太不尊重我了。"指挥一边离开一边说着，"看你明天怎么演出！"

接着，乐队也三三两两地离开了。

整个排练厅里只留下了肚肚狼和玉碎先生两个人。

"明天?"肚肚狼很奇怪,"我明天就要演出?"

"是啊,我也才听说,明天就演出,会不会太急了点……"玉碎先生很担忧。

晚上,肚肚狼心事重重,他去医院看望小红鞋。

小红鞋躺在病床上,脸色很苍白。看起来,她的病没有好转,反而更重了。

"医生说,我的病是很难治好的……"小红鞋疲倦地说。

"会好的,会好的……"肚肚狼安慰地说。

"不用安慰我……"小红鞋说。她心里非常难过,眼睛里含着泪水。"我是不是快要死了?"

"快别瞎说,"肚肚狼说,"你还那么小,怎么会死呢?"

"外婆每天都走到病房外面去哭,她以为我不知道,其实我都知道的。"小红鞋说着,手里拿着一面小镜子。

肚肚狼凑过去看,这面小镜子,找到一个角度,就可以从里面看到病房门外的一小块地方。

肚肚狼心里一阵难过。小红鞋那么机灵,可是,她却用她的机灵看到那么伤心的场面。

小红鞋忽然装出开心的样子,说:"嗨,不说我的

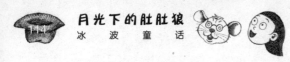

病了,说说你吧。你怎么样啊?"

"唉,"肚肚狼叹了口气,"明天我要演出了……"

"演出?在哪儿?不会是在那个墙角吧?"小红鞋很奇怪。

"不是,是在天籁剧院……"肚肚狼说。

"天籁剧院?不是歌星才可以在那里演出的吗?"

肚肚狼把他已经成了天籁乐团的签约歌手的事告诉了小红鞋。

"肚肚狼,你真棒啊,天籁乐团的签约歌手!明天你要去唱你那首《老天》吗?"

"唉,不是,我要唱《花瓣儿和露珠儿》……"

肚肚狼摇摇头,一下子觉得好没情绪。

"为什么不唱《老天》呢?"小红鞋喃喃地说,"那首歌你唱得多好啊。"

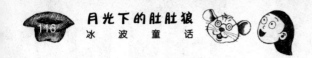

大失败

6月16日

　　这不仅仅是肚肚狼的失败,也是我的失败。我的眼前一片漆黑……

　　紫红色的幕布徐徐拉开。

　　肚肚狼站在台上,他的面前,是黑压压的一片观众。

　　灯光骤然亮起,全部都照到了他的身上。

　　乐队奏响了前奏——当然是那首《花瓣儿和露珠儿》的前奏。

　　肚肚狼觉得自己的腿在抖,脑子里嗡嗡作响,并且是一片空白。

　　乐队已经演奏到了该肚肚狼开始唱的小节,他张嘴开始唱的时候,可怕的事情发生了:他什么声音也没有发出来。

　　——肚肚狼失声了!

　　观众发出了一片嘘声。

　　肚肚狼慌乱地指指自己的喉咙,表示是这里出问题了。但是,观众还是很愤怒,好多瓶矿泉水扔到台上来了。

有一瓶矿泉水砸到了他的额头上。

扑通一声,肚肚狼一头栽倒在台上。

"感谢这瓶砸着我的矿泉水,我正好可以假装晕过去了……"倒在台上的肚肚狼一动也不动,假装被砸晕了。

接下来的事,肚肚狼虽然看不见,但他听得见。

先是幕布拉上了,接着,团长出来向观众表示道歉,然后是有几个工人上来,把肚肚狼抬下去,抬到了一个房间,放到一张桌子上。

一会儿,团长气急败坏地跑来了。

他跟几个工人说:"一定要把他弄醒,我有话要跟他说。"

工人去端来了一盆冷水,全部泼在肚肚狼的头上。肚肚狼被冷水一激,浑身抖了一下。

这样,肚肚狼再也无法假装,只好醒了过来。他想装作无辜的样子问一句:"发生什么事了?"

可是,他喉咙里发不出声音。

团长看他醒来了,赶紧说他想要说的话:"肚肚狼先生,我正式宣布:我们的合同作废了,你不再是天籁乐团的签约歌手了!"

为了给团长一点面子,肚肚狼假装受到了巨大的打击,又晕过去了。

团长转身离开,走到门口,又回过身来吩咐工人们:

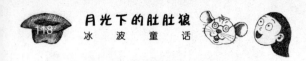

"把他的西装脱下来,换上他自己的衣服。然后,让他回家。"

能够不再做签约歌手,能够脱下铁皮一样硬的西装,能够回家,这一切,都是多么好的事情啊。

"终于轻松了,终于轻松了!"肚肚狼心里这么想着。

因为心里忽然的放松,肚肚狼晕过去了。——这回是真的晕过去,不是假装的。

等肚肚狼再次醒过来,他发现正躺在自己的床上,而且穿着自己原来那身衣服,就连帽子也没丢。还有那把吉他,也放在旁边。

玉碎先生正在猛揪自己的头发,看样子十分痛苦。

"肚肚狼,你好不争气呀,"玉碎先生指着肚肚狼的鼻子,"眼看着我们就要过上好日子了,你却……"

肚肚狼很想安慰安慰他。

"算了算了,我不是故意的……"

咦?肚肚狼发现自己又能够说话了。

肚肚狼高兴得从床上跳起来,背上吉他向外面跑去。

"站住!你要去哪儿?我的话还没说完呢。"玉碎先生朝肚肚狼的背影喊。

"好不容易高兴一回,我去散散心。"

肚肚狼一边回答着,一边跑去。

整整一小时

6月21日

演出大失败、黑宝石没有增加反而减少,在这么"黑暗"的时候,又是一个月圆之夜来到了……

几天以后,又到了月圆之夜。

像往常一样,玉碎先生带上一包花生米,又开始不停地摇他的手表。

这一次,玉碎先生特别没信心。演出大失败、黑宝石没有增加反而被卖掉了不少,在这样的情况下,肚肚狼的变身时间还会延长吗?

"我要看看他的变身时间减少了多少……"玉碎先生心里想。

晚上,在市政府大楼下对完表,肚肚狼站住不走了。

"怎么了,快走啊。"玉碎先生说。

"今天不去孤山了。"

"你什么意思?不去孤山还能去哪里?"

"去爱心医院,就是孤山脚下。"

"随便吧。"玉碎先生说,"你想去哪里就去哪里。"

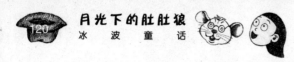

肚肚狼没想到这么容易就过了难缠的玉碎先生这一关。

走进医院大门,就能看到一个喷水池。喷水池的中间,有一个准备安放雕塑的高台。

"就在那里吧?"肚肚狼指着高台问玉碎先生。

"随便你。"玉碎先生大度地说,其实,他对肚肚狼今天的这次变身,已经失去信心了。

"好的,那我就开始定位了。"

说着,肚肚狼凝视着那个高台。凝视一会儿,等到变身时,他的变身就能够在他凝视过的那个地方出现。

凝视完了,肚肚狼就开始东张西望。

"你在找什么?"玉碎先生问。

"没什么,没什么,随便看看。"肚肚狼说。

其实,他是在找小红鞋。很多天前告诉过她,这个月圆之夜,她将会在这里看到唱歌的王子出现。

"不知道她会不会忘记……"肚肚狼想。

正这么想着,忽然从住院部传来了喊声:"肚肚狼——"

是小红鞋趴在窗口喊。大概因为她身体很弱,听起来她的声音是那么细。

肚肚狼不知道该怎么办,是答应她好呢,还是躲起来好呢?最后肚肚狼还是决定躲起来,他走到黑暗的树底下，假装没有听到她的喊声。

有几棵树正好挡住了小红鞋的那个窗口。肚肚狼坐下来开始看月亮，玉碎先生在旁边不停地吃花生米，为的是不让表停下来。

时间一点点过去。

小红鞋趴在窗口，看着下面，看着那个还没有放上雕塑的高台。

"已经快半夜了，肚肚狼到这里来干什么呢？而且，我叫他，他也不理我。"小红鞋想。

从上面望下去，肚肚狼好像就躲在树下面。有时候吹过一阵风，她还能从枝叶间，看到肚肚狼影影绰绰的身影。

"真奇怪，他好像坐在地上看月亮。"

零点到了，天上的月亮，这个时候正好是最圆的时候。

忽然，奇迹真的发生了。

以高台为中心，一片闪亮，亮得那么耀眼。那个英俊潇洒、穿着漂亮礼服的王子，在高台上出现了！

王子面带微笑，昂着他那神气又英俊的头，他开始唱歌了。

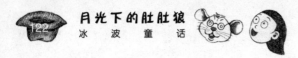

微风是我的头发,
月亮是我的眼睛,
带着我的歌,我要来看你,
就像以往你一直在看我一样……

小红鞋觉得自己好像在做梦一样,这歌声好像来自天边,是那么遥远;又好像来自心里,是那么贴近。

就像有一道电流在小红鞋的身体里奔流。

小红鞋发现自己已经泪流满面了。

但她不知道自己为什么会流泪。

她朝肚肚狼原来坐着的地方看了一眼,令她大吃一惊的是:肚肚狼不见了!

"当王子出现的时候,肚肚狼为什么就不见了呢?这太奇怪了……"

小红鞋想。

在肚肚狼变身的时候,为了不让表停下来了,玉碎先生一直在原地跑步。

跑着跑着,玉碎先生扑通一声摔倒了。他爬起来,继续跑。他也不知道自己哪里摔痛了,他只是时刻盯着肚肚狼的变身看。

肚肚狼的变身慢慢变淡,最后消失了。

就在树下,肚肚狼又现身了。

玉碎先生看了一下表,大叫起来:"一小时二十四分!比上次整整延长了一个小时!天哪,一个小时,一个小时!"

"真的吗?"肚肚狼说。刚刚从变身中恢复过来,他好像还没有完全清醒。

玉碎先生兴奋到了极点。

"你的黑宝石减少了,为什么变身的时间反而延长了呢?这是为什么?为什么?"

"会不会跟黑宝石没关系啊?"肚肚狼也不明白。

"要不就是……"玉碎先生想了想,忽然说,"要不就是不能在孤山顶上,而应该在人多的地方?"

这时候,肚肚狼也注意到,整个住院部,几乎每一个窗口都有人趴着。刚才,这些病人一定也听到了肚肚狼的变身在唱歌。就在王子消失之后,他们还是趴在那里,看着喷水池上方那个高台。

玉碎先生悄悄拉了一下肚肚狼。

"快走,别暴露了。"

当他们往医院大门口走的时候,肚肚狼回头望了一眼。他看见,小红鞋还趴在窗口,正在向他招手,好像在说:"拜拜。"

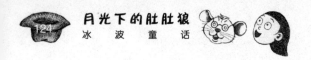

《来自天堂的歌声》

6月28日

　　这些天一直在思考。我总以为自己很聪明,但现在看来,我的好多判断都是错的。接下来,我该怎么引导肚肚狼呢?或许,根本不是我在引导肚肚狼,而是肚肚狼在引导我?

　　就在月圆之夜的第二天,肚肚狼背着他心爱的吉他,去医院看望小红鞋。

　　刚走进病房,有一个蹦蹦跳跳的小姑娘抱着一捧鲜花,一头撞在他怀里。

　　这个小姑娘居然是小红鞋!

　　"小红鞋,你怎么下床了,还这么蹦蹦跳跳的?"肚肚狼问。

　　"我觉得我已经好了!"小红鞋开心地说,又原地跳了两下。

　　"你拿着鲜花干什么?"肚肚狼说。

　　"我们病房里的所有病人,都要去献花。这是我们大家合起来买的。"小红鞋说。

"献给谁?"

"献给昨天晚上唱歌的王子,因为我们听了那个王子的歌,病都好了。"

这时候肚肚狼才注意到,病床上躺着的病人,一个也没有。本来他来这里,所有的病人都是躺在床上的。

整个病房的病人,都跟在小红鞋后面,下楼去。肚肚狼也跟在后面。

他们来到喷水池前。

一个大人把小红鞋托起来,让她把鲜花放到那个高台上。

小红鞋站在高台下,仰着头。她在想象王子站在那里的样子。

"谢谢你,王子。"小红鞋说,"希望你下一次月圆之夜的时候,再来我们这里。"

说完,小红鞋向高台鞠了一个躬。

同病房的病人们,也一起鞠了一个躬。

这时候,从大门外,进来了一批记者,他们是得到消息来这里采访的。这些记者有的是报社的,有的是电视台的。

这些记者开始一起采访小红鞋。

"听说,有一位神秘的王子昨天晚上出现在这里?"记者问。

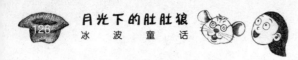

"是的。"小红鞋说,"他好像来自天堂,他唱的歌,是来自天堂的歌。真是一个奇迹,我们听了他的歌,病都好了……"

闪光灯对着小红鞋在闪,摄像机对着小红鞋拍着。

这时候,从住院部下来了无数的病人,他们手里捧着鲜花,向这里走来。

像小红鞋一样,他们也把花放到高台上。

高台上,鲜花越堆越高,看起来非常壮观。

当大家正热闹的时候,肚肚狼在哪里呢?

他走到昨天晚上他坐过的树底下,把头埋在臂弯里,正在哭。受过再痛的伤,吃过再多的苦,他肚肚狼从来没哭过。可是现在,他哭得非常厉害。

他不知道自己为什么哭,但就是想哭。

他从来就是被人家嫌弃的份儿,从来就是被人家骂的份儿,哪里会有人给他送鲜花,而且是那么大的一堆。

他们在说的那个王子,是他肚肚狼自己吗?好像是,又好像不是。

第二天,无论是报纸还是电视台,都在报道,都在以同一个题目说着同一件事:一个神秘的王子出现在爱心医院,他的歌声,治好了所有听到歌声的病人。

那个题目就是:《来自天堂的歌声》。

报纸上登着小红鞋的照片,电视台的节目里正在播放小红鞋的采访。

报道的最后,小红鞋这样说:"希望下一个月圆之夜,奇迹能再次发生。让我们一起等待下一个月圆之夜吧,让更多不幸的人能听到来自天堂的歌声吧……"

为了平静一下过于兴奋的心,玉碎先生让肚肚狼休息一天,今天不要再到那个墙角去行乞了。

"你在家休息,今天不吃肉包子了,我去给你买味道更好的盒饭吧。"玉碎先生说。

玉碎先生去拿口袋的时候,无意中拿起那个神秘的扑满摇了一下。

玉碎先生感觉到有什么不对,赶紧又摇了一下,这才惊叫起来:"肚肚狼,你快来看!"

肚肚狼接过玉碎先生递过来的扑满,也摇了一下,不禁也惊叫起来:"天哪,怎么会这样?"

那个扑满里的黑宝石,数量明显增加了!

当扑满里的黑宝石数量减少到很少的时候,摇起来,它发出的是"叮叮"的声音,现在,它发出的是"沙沙"的声音!

肚肚狼和玉碎先生互相对望了好一会儿,他们谁都说不出话来。

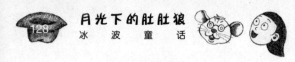

"一定是这样,一定是这样!"玉碎先生忽然说。

"什么?"

"这个扑满,就是你们祖先攒黑宝石的,这点没错的。但是,这个黑宝石,不能是买来丢进去的,而是要它自动增加的……"

玉碎先生沉思着。

"以前在孤山顶上,宝石没有增加过,这回到了医院,宝石就增加了。难道是……难道是……"

"难道是什么?"肚肚狼问。

"难道是你的歌要让越多的人听越好?"忽然,玉碎先生两眼发亮,"一定是那样。下一次月圆之夜,我们继续去爱心医院!"

"太好了!"肚肚狼听说下一次月圆之夜,能再去爱心医院,非常高兴。

"上次你的变身时间增加了整整一小时,这样下去,你很快就会增加到二十四小时,那时候,你会成为一个真正的王子!"

玉碎先生对未来充满了信心。

高台上的花瓣

7月19日

明天又将是月圆之夜了。我再也不做傻事了,一切顺其自然吧。肚肚狼一定会成为一个真正的世界歌王的,不过,不是靠我瞎弄一气。肚肚狼有他自己的天赋。

小红鞋病好了,她已经出院了。现在,她已经是一个活蹦乱跳的灿烂小女孩了。

在医院里住着的病人,只要听到王子的歌的,已经全部都像小红鞋一样出院了。

小红鞋是多么高兴啊,外婆好像比她还高兴。在很多天里,外婆带着小红鞋,一家一家医院地跑。

小红鞋的病已经好了,为什么还要跑医院呢?

外婆说:"这么好的事情,应该让大家都轮到。我们要告诉所有的病人,在下一个月圆之夜,都到爱心医院去等着,说不定,那个王子还会出现,还会唱歌。"

花了半个月的时间,外婆带着小红鞋,跑遍了城市里所有的医院。

跑完了医院,小红鞋现在老是到肚肚狼这个破屋子

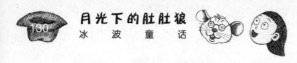

里来，缠着肚肚狼教她弹吉他。

聪明的小红鞋学得非常快，不到一个月的时间，她已经会自弹自唱了。

玉碎先生看着她这么认真地学，心里总觉得好笑。

"将来，肚肚狼总会变成真正的世界歌王了，那时候，他唱歌再也不用吉他伴奏了，小红鞋学了还有什么用呢？"玉碎先生想。

在练吉他的间隙里，小红鞋常常会问肚肚狼那个问题："那天晚上，当王子出现的时候，你到哪儿去了呢？"

肚肚狼总是支支吾吾的，一会儿说是散步走开了，一会儿说是上厕所去了，一会儿又说是去买肉包吃了。

"唉，王子的歌你没听到，真是太可惜了。"不管肚肚狼回答说干什么去了，她总是用这句话来结尾。

每当小红鞋问这个问题的时候，玉碎先生就会来打岔，想把话题引开去。

玉碎先生对肚肚狼的态度已经完全转变了，现在他已经不再去买肉包子，而是改去菜场买菜，然后回家来自己做饭了。

"一个会做饭的贵族，也没什么不好。"玉碎先生这样想，"只要肚肚狼的变身能延长到二十四个小时，只要肚肚狼能成为一个真正的王子，永远不会再变回到乞丐，我做什么都愿意……"

不过,大概因为玉碎先生是贵族,他做的饭非常难吃。

终于又到了月圆之夜,今天半夜零点时,将又是月亮最圆的时刻。

这一天的晚餐,玉碎先生花了三个小时,做了一顿特别丰盛的晚餐。肚肚狼特意把小红鞋和她的外婆也叫来一起吃。

外婆尝了之后,对玉碎先生说:"你能把不同的菜都做成同一种味道,也真不容易……"

吃完晚饭之后,外婆带着小红鞋先去爱心医院了,她们想早一点在那里等候。

"晚一点我们也会去的。"玉碎先生说。

晚上十点钟的时候,肚肚狼和玉碎先生也出发了。他们照例要先去市政府大楼对表,对完表,才向爱心医院走去。

非常奇怪的是,今天路上的行人很多,更奇怪的是,这些行人与他们两个是同一个方向——爱心医院。

"真是奇怪啊,"玉碎先生说,"这么多行人,好像有不少是病人。"

"怎么看出来的?"肚肚狼问。

"这还看不出来?有的用担架抬着,有的坐着轮

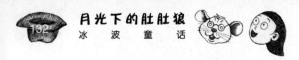

椅,还有背着的,搀扶着的……"

果然是那样,向爱心医院慢慢走去的,几乎都是病人。

当他们到达爱心医院门口的时候,发现这里更是挤满了人。

"为什么他们都在医院门口呢?"肚肚狼想。

当他们好不容易挤进医院大门的时候才明白,原来,里面更挤,那些人是因为挤不进医院才逗留在门口的。

"今天怎么啦,难道半夜里要开专家门诊吗?"肚肚狼悄悄问玉碎先生。

"你真是木瓜脑袋啊!"玉碎先生指着肚肚狼的鼻子说,"连这都不明白,他们都是冲着你——"

忽然,玉碎先生发现自己说漏嘴了,紧张地朝旁边看看,然后悄声说:"他们都是冲着王子的歌声来的!"

听了玉碎先生的话,肚肚狼心里一阵乱跳。

再慢慢地往里挤,挤到高台下面的时候,肚肚狼又是心里一阵乱跳。

那个高台,已经被装饰得非常漂亮。台下摆满了正在盛开的盆花,台上,撒满了各种美丽的花瓣。

有一个小姑娘正拎着一篮花瓣,在台上撒呢。她就是小红鞋。

撒完了花瓣的小红鞋,这时候正好看到了肚肚狼。

"今天晚上,王子如果来的话,他会喜欢这里的。"小红鞋高兴地对肚肚狼说。

她的话,又让肚肚狼心里一阵乱跳。

"那么多的人,都在等待着我,不,等待着那个王子的出现……"肚肚狼这么想着,眼睛里有泪水涌出来了。

为了定位,肚肚狼得定下心来凝视那个高台。只有经过他的凝视之后,当他变身时,才会准确地在他凝视的地方出现。

由于眼睛里有泪水,高台上的那些花瓣,看起来会闪动,就像闪动的星星那样。

月全食

7 月 20 日

　　这一个月圆之夜,对肚肚狼来说,到底是失败了,还是成功了呢?生活中,就是有那么多意想不到的事。生活,就因为意想不到,所以才变得那么有意思……

　　月亮这时候很亮。

　　玉碎先生不停地摇着他的表,时不时地看一下时间。

　　所有在场的人,都在等待着那一时刻的到来——半夜的零点。

　　时间越来越接近零点了。刚刚还有点嘈杂的人群,现在已经静下来了。

　　人们在等待着王子的闪亮登场。

　　终于,半夜零点到了!月亮最圆的那一时刻到了!

　　人群不约而同地发出一声惊叫:

　　"啊——"

　　几乎每一个人都不敢相信自己的眼睛:他们一直盼望的、一直等待的王子并没有出现,在高台上站着的,

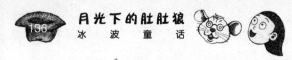

是一个怀抱吉他、衣着破烂的乞丐。

他就是肚肚狼!

肚肚狼站在那里,显然他被吓坏了。他居然没有变身,却又站到了变身后应该站在那里的地方。

他的脑子里一片空白。整个天空仿佛一下子变暗了。

他朝天上的月亮看了一眼。这一下又令他非常吃惊,整个天空黑黑的,月亮不见了。

"天哪,月亮不见了!"肚肚狼在心里惊叫。

确切地说,月亮不是不见了,而是被什么东西挡住了。挡住月亮的,就是地球巨大的影子。

——这就是月全食。

肚肚狼站在高台上,不知所措。

"天哪,谁能救救我……"

肚肚狼的心里,好像有一个声音在哀号。

台下一片安静。大概所有的人也都被眼前的这个乞丐惊得不知所措了。

忽然,台下有一个细细的声音喊起来:

"王子,唱啊,你唱啊!"

那是小红鞋在喊。

听到喊声,肚肚狼浑身一颤。在他的心里,好像是一片夜空,有一颗星星在夜空里亮起来了。并且,在心里的那片夜空里,好像有一个仙女一般的声音说:"肚肚狼,你就是那个王子……"

肚肚狼拨动了吉他的琴弦。

他不由自主地唱了起来。

微风是我的头发,
月亮是我的眼睛,
带着我的歌,我要来看你,
就像以往你一直在看我一样……

没有一个人因为他是一个乞丐而走开。

所有的人都仰着头,凝神倾听着肚肚狼的歌。除了小红鞋,所有的人都是第一次听到这首歌。

他们觉得自己好像在做梦一样,这歌声好像来自天边,是那么遥远;又好像来自心里,是那么贴近。

就像有一道电流在身体里奔流,每一个人都被这歌声感动得泪流满面。

站在高台上的肚肚狼自己也感动着,在生活中,从来没有这么多人同时在用正眼看他,他从来都是一个不被人们注意的乞丐。但是,现在,他仍然是一个乞丐,却站在用花瓣铺成的高台上,唱着能震撼心灵的歌。

玉碎先生也已经泪流满面了。他已经忘记摇他的手

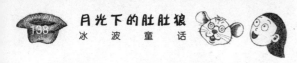

表了,或许,那手表早就停了,但是,时间已经不再重要了。

"只要肚肚狼在唱,他是不是变身都没关系。"玉碎先生在心里想。

肚肚狼一直在唱着。

肚肚狼因为太专注,根本没注意到,许多台摄像机正在拍摄,无数的闪光灯此起彼伏地闪着。——这里来了很多记者。

这里还来了一些艺术家,他们有的是音乐家,有的是画家。

整个过程中,高台一直被一种神奇的光笼罩着,那是一种纯净的、明亮的光。

当月全食消失的时候,月亮又亮起来了,它是那么圆,那么亮。

时间过去多久了?

谁也没有注意到,就连最严谨的玉碎先生也没有注意到。

当高台的光慢慢暗去,肚肚狼抱着吉他站在那里,一动也不动,好像真的像一座雕像。

人们很久也不散去。

因为他们实在太高兴了,到这里的每一个病人,已经全部恢复了健康。当人们开始离去的时候,在垃圾箱里，可以看到很多的拐杖、轮椅和担架——现在，它们已经没用了。

肚肚狼还待在高台上。他坐下来，看着天上的月亮。
玉碎先生和小红鞋在下面，默默在看着肚肚狼。
肚肚狼拨动了琴弦。

老天，老天，
看看我在风里抖啊，
请给我一棵靠靠的树……

小红鞋也跟着唱起来。

老天，老天，
看看我在山里转啊，
请给我一条走走的路。
哦哦……

歌声在夜空里回荡着。
玉碎先生望着星空，喃喃地说：
"生活是重新开始了呢，还是会照旧继续下去呢……"

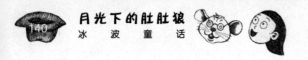

蓝鲸的眼睛

橙色的月亮上偶尔拂过丝丝云缕，宁静而端庄。

黑蓝的夜空里钉满了星星，深远而冰冷。

深蓝的大海，缓缓地起伏，透着呼吸。

它，浮起来了。

仿佛一块平滑的礁石，海面上露出了它的背脊。这背脊呈蓝灰色，布满了白色的斑点，泛着深邃的光。这背脊，竟然如此像这星空！是这海洋还不够大么，它要披一块星空在身上？

它，就是巨大的蓝鲸。

蓝鲸在看月亮。

它浮在海面上，一动不动，像一个孤独的小岛。与它的身体相比，它的眼睛显得太小了。它们深深嵌在肉里，忽闪着幽幽的蓝光，狡黠地沉思着似的。没有比蓝鲸更爱自己眼睛的生命了。蓝鲸的一生，始终孜孜不倦地调理它的眼睛。用海水滋润洗刷眼睛，让眼睛常常沐浴在橙色的月光、银色的星光里。特别是它还最爱吃那些发着绿光的浮游生物。这一切，都是为了让那双眼睛获得纯净的蓝光。

纯净的蓝光，是那么的神秘、幽远、灵逸，因为，它

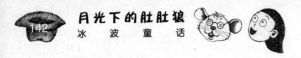

是灵魂的光。

蓝鲸呼出一口气，热气在冷冷的空气中凝成雾滴，仿佛一根白色的水柱。

它的眼睛，充满了对月光和星光的饥渴。

一个女孩坐在海边高高的礁石上。

女孩仰头望着夜空。

月儿昏昏，星儿朦胧。夜空仿佛裹着浓雾，大海一片茫然。

女孩睁大眼睛。她的眼睛非常美丽。然而，那是一双患了病的眼睛，视力一天天在明显地减弱。各种药都医不了，所有的医生都叹息着微微摇头。

这个世界的光亮和色彩，在她眼中，一天比一天显得模糊，最后，她将投入永远的黑暗中。

"我还小啊……"

女孩嘴唇颤抖着，睫毛上闪着泪珠。那泪珠，比她的瞳仁更晶莹。

"到海边去吧，听着浪声看看海，以后，你听到浪声，就会和看见海一样了。"

爷爷是这么对她说的。爷爷是村里最有威望的老渔民，咸味的海水浸了他一辈子，腥味的海风吹了他一辈子，现在，他浑身的骨头都锈了，不能出海了。

爷爷爱海。当一切从眼里消失的时候，唯有海是要永远记住的。

女孩虔诚地望着黑茫茫的大海。

"大海啊,给我的眼睛一点光明吧……"

远远地,传来一声低沉的螺号。

朦胧中,看见一条帆船出海了。

怎么夜里出海呢?女孩想。

模糊的船影里,亮着一盏蓝色的灯。

怎么是一盏蓝色的灯呢?女孩想。

蓝灯晃悠着,慢慢消失了,仿佛到另一个世界去了。

海风推着帆船,悄悄地向前驶去。

船上,坐着一个年轻的渔民。

他手里紧紧握着那杆钩矛。矛尖上带着倒钩,发出白森森的光,冷冷的,像鲨鱼的牙齿。

桅杆上那盏蓝色的灯,发出鬼鬼祟祟的、捉摸不定的蓝光,映在他紫红的脸上,发出青绿色。

他心里很紧张。为了一个让人心慌意乱、耳热心跳的秘密,他要去冒犯大海。

那双眼睛是多么美啊。我就干这一次……

他望着桅杆上那盏蓝灯。它那冷冷的光,使人害怕,又令人兴奋。他觉得口渴。

就在这里等它吧。

船停住了。那帆一收下来,桅杆上的蓝灯马上显得瘦了。

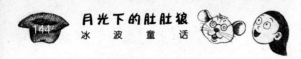

月亮从云堆里钻了出来。

"啊,蓝色的月亮!"年轻人禁不住轻声惊叫。他看见了一个蓝色的月亮。

他出了一身冷汗,再看天上,那蓝色的月亮不见了。

橙色的月亮空空地悬着,仿佛会掉下来。

年轻人心跳得厉害,直想呕吐。

就这一次,就这一次……

蓝鲸久久地凝视着月亮和星星。

柔和的月光流进了它幽幽的蓝眼睛,活泼的星光跳进了它幽幽的蓝眼睛。

蓝鲸自己也不明白,它生活在大海,心灵却仿佛是属于星空的。

突然,蓝鲸的双眼感受到一阵灼热。

远远的海面上,竟浮着一点蓝光!

月亮和星星霎时失去了颜色。它完全被那一点海面上从不出现的蓝光摄去了。它的呼吸急促起来,魂不守舍地向蓝光游去。

那里,仿佛有个灵魂在向它召唤。

来了,来了。

年轻人全身紧张,全神贯注地注视着海面,握着钩矛的手微微颤抖。

它来了，就像一个漂浮的岛屿。

它停下了，靠得那么近。它宽大的嘴就伸在船底下。它似乎已停止了呼吸，纹丝不动地用它的双眼啜饮桅杆上蓝灯的光流。除此之外，一切都不存在了。

年轻人注视着它的眼睛。那里，仿佛是两朵蓝火，正陶醉地舞蹈着。

就是它们，我只要其中的一个。

年轻人又想起那双美丽而迷茫的眼睛。

年轻人决断地举起钩矛。一道寒冷的白光，像一支闪电，射向蓝鲸的眼睛。

蓝鲸发出一声短促的、痛苦的叫喊，惊呆了。剧痛使它猛然地回到现实里。它看见了钩矛上拖着的麻绳正像蛇一样疯狂地扭动。

惊愕、痛苦、愤怒涌上了蓝鲸的心，但最厉害的是绝望。

——我的眼睛！

蓝鲸一头潜下水去。

海面上发出了一声巨大的轰响，一个岛屿轰然沉没了。接着，旋涡中又翘起了蓝鲸的尾巴，像一面复仇的大旗，像一只愤怒的巨掌。帆船，遭到了沉重的一拍。又是轰然一声，水面上零落地漂起帆船的碎片。

年轻人始终抱着那根断裂的桅杆。桅杆上，捆着钩矛上的尼龙绳的另一头。

我只要那只蓝眼睛！

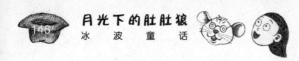

年轻人开始收那长长的麻绳,可是,他只收过来一截空空的麻绳,系着钩矛的那一头,早在一声巨响之时断了。

我的钩矛呢?那上面有我要的蓝眼睛。

蓝鲸拼命下潜。

麻绳在它突然下潜的那一刻被挣断了。钩矛从它眼睛里脱出,摇摇晃晃地沉向海底。可那是带钩的矛啊,钩矛脱出时,那无情的倒钩把它的整只眼睛钩了出来,离开了它深凹的眼眶。

蓝鲸只能拼命下潜。

它失去了一只比生命更宝贵的眼睛。巨大的绝望把它埋葬了。它只有下潜。

海的深处是一片漆黑。有一点孤独的蓝光在下沉。

与此同时,另一点蓝光却在上升。它穿越云雾般缭绕着的血水,向上浮着,浮着。

暗淡的蓝光恍恍惚惚。

夜深了。

黑压压的海面上,浮动着一团幽幽的蓝光,像一个茫然的幽灵。

这茫然的幽灵随波逐流,哪里是归宿?

女孩还坐在那块高高的礁石上。

大海更黑了。

她有点心神不宁。怎么会有人点着蓝灯在夜里出海呢?爷爷说过,出海的人是最忌用蓝灯的。蓝光是鬼光,会带来厄运的。有人说,鬼魂的眼睛会发蓝光。那么,鬼魂的眼睛一定很好吧,一定不会像我这样……

月昏昏,星朦胧。

浓雾一般的世界里,跳出了一团带一圈晕的蓝光。

女孩看见了它,它在海面上,正向她漂来。

是那帆船回来了吗?

当女孩盯着它看的时候,那蓝光像泉水一样流进了她的眼睛,凉丝丝的感觉在身体里渗浸开去。

看着那团带晕的蓝光,女孩的眼睛奇怪地清爽起来。蓝晕竟很快地消退,只剩下纯净透明的蓝光。

她的心剧烈地跳着。

蓝光越漂越近,海浪摇得它慌乱地晃。

女孩跳进海里,向它游去。

她终于抱住了它。

这是一个冰凉、光洁、半透明的水晶球,正发出淡淡的、令人迷惑的蓝色光芒。

女孩在抱住它的一瞬间,她的眼睛一下子亮了。月儿不再昏昏,星儿不再朦胧。眼睛所能看到的一切,全是清晰的,就仿佛让这水晶球的蓝光洗过一般。

女孩抱着它,游上了岸。

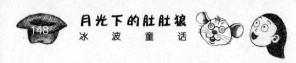

这奇异的水晶球,不轻不重,不软不硬。抱着它,女孩奇怪地感觉到,它又像要沉重地落下地,又像要轻盈地飞上天。

啊,这是一颗海浪孕育的珍珠吗?女孩想。

一片平静的大海,拂着温柔的波浪,波浪上躺着一个蓝色的月亮,慢慢摇,轻轻晃……

这是女孩心灵深处的大海。

年轻人抱着那截断了的桅杆,拼命地游着。系在桅杆上的那截空落落的麻绳,在后面颓丧地拖得老长老长。

海水冷得刺骨。年轻人又渴又饿又冷,双腿划得有点僵硬了。

我怕游不到岸边了。

天上的月亮悠闲地穿行在淡云中,显得异常轻盈。

如果月亮掉到海里,一定会毫不费力地浮在水面上的。它不用游,只要浮着就行。多好啊!

星星在闪烁。

那双美丽的大眼睛,现在一定安然地闭上了吧?要是我得到了那只蓝眼睛的话,那双大眼睛会更美的。

可是……

海水好像更冷了。海水你可别冻住啊……

女孩抱着水晶球,推醒了爷爷。

爷爷满脸的皱纹抽动了一阵,昏花的眼睛突然放出异样的神采。

"这是蓝鲸的眼睛啊!"

"啊?"

女孩一下子恍惚起来,她仿佛被推进了一个古老、离奇、神秘的幽谷里。

蓝鲸的眼睛,蓝鲸的眼睛……它应该是比梦更虚幻的梦啊。

爷爷开始抽那一袋烟。

"蓝鲸是大海中的巨龙,是大海的灵魂。它是我们渔民的神。它从来不作恶,自己只吃海面上闪闪烁烁的星星。

"它爱它的眼睛。因为它的心灵就在眼睛里。每天,它都用月亮的光、星星的光洗眼睛。天天这样洗,它眼睛里的污浊被一点一点洗去了。

"什么是眼睛的污浊呢?那就是世界上被看进眼睛里的邪恶。蓝鲸的眼睛是容不得污浊的。污浊越洗越少,它的眼睛会越来越蓝。当它的眼睛没有了一点污浊,那时,它的灵魂就会升到天上了。

"蓝鲸不是属于我们的,它不是动物,它是神,是天上的神。它从天上来到大海,是为了来修炼的。它的修炼就是洗眼睛。

"每个渔民都知道,得到了蓝鲸的眼睛,就是得到了光明。有了它,瞎眼能见光明,亮眼能炯炯有神。最珍奇的,

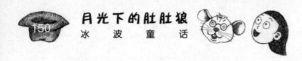

它能使人的眼睛变得越来越美,永不衰老。

"千百年来,多少人想得到蓝鲸的眼睛啊。可是,所有的人都失败了。因为,只有把蓝鲸弄死,才能得到它的眼睛。可是,死去的蓝鲸眼睛就不再发光了,因为眼睛也跟着死了。只有活的蓝鲸眼睛才有神效。谁也得不到活的蓝鲸眼睛。人在它面前,只是一只蚂蚁,能远远地对它的蓝眼睛看上一眼,就算是幸运了。

"可……可是,这真是千古罕见的奇迹啊。这只蓝鲸的眼睛,它怎么亮着蓝光?这么说,那蓝鲸还活着!

"蓝鲸的眼睛是有灵性的,它怎么会来到你的怀里呢?是因为你天天在海边看月亮、看星星、像蓝鲸一样?是因为你也爱着自己的眼睛,像蓝鲸一样?

"你要好好对待它。要让它活着,每天带它去看月亮和星星,让大海的腥风吹它。它已经修炼到这样蓝了,真是不容易啊……

"可是,蓝鲸啊蓝鲸,你的眼睛怎么会掉下来呢?"

爷爷满脸的皱纹里透出了严峻,眼光深邃得像星空。
女孩痴迷地望着远方,心灵深处那片大海更温柔了。
蓝鲸的眼睛,发出柔和而迷幻的蓝光。

年轻人机械地划动着他的双腿。
他时沉时浮,衰弱得像一根稻草。

我做了蠢事吗？难道那双美丽的眼睛不该更美丽吗？

月亮，你告诉我，不要像那双眼睛一样，总是默默地看着我……说……

前面出现了黑沉沉的海岸。

海岸……你多像魔鬼的额头。不过，我已经从你的脚爬到了你的额头了……

年轻人的脚触到了沙滩的细沙。

我的脚还能踏在什么上面，真是滑稽。

他倒在了沙滩上，像一截颓然的朽木。

远远地，似乎有一阵悠长而悲凉的歌，从海面上飘来。

一个蓝色的月亮，一双美丽的黑眼睛。可是，却都那么朦胧。

"啊，爷爷，他醒啦！"

一个遥远的声音。怎么鸟儿也会说话？

"年轻人，说吧。"爷爷的声音平静而威严。

一道蓝色的闪电直刺年轻人的眼睛，他打了一个寒噤。

"蓝鲸的眼睛！天啊！"他失声叫着。

女孩看着他。他看着女孩。

这是原来的那双眼睛吗？美得他不敢看。看着这双美丽的眼睛，他觉得自己正在变成干瘪的苹果。

"年轻人，说吧。"爷爷说。

"我……我用钩矛扎了蓝鲸的眼睛……"

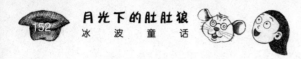

沉默。天阴了。

从窗格里，吹进来一阵腥味的风。

海面上飘来一阵悠长而悲凉的歌。

"这是蓝鲸在哭。"爷爷说。

爷爷的眼光深邃得像星空。

女孩心灵里那片温柔的海，正在倾斜。

年轻人昏昏地睡着了。

蓝鲸在漆黑的深海里待了很久。

漆黑中，朦胧地亮着一点蓝光。它比以前暗淡了很多，而且再也不会跃跃跳动了。多少年那孜孜不倦地啜饮月亮和星光的拳拳之情，都白费了。

它的伤口已经不再流血，疼痛已变得麻木。

左眼，现在只剩下一个黑洞。

恶毒之火，从深深的海底升上来，渗透进它的身体，在它心里熊熊燃烧起来。

它开始迅速上浮。

当它浮上海面时，长夜已经过去，阳光刺眼地照耀着。

远处，浮着点点白帆。在它看来，这些白帆是柔和的海面上的点点霉斑。

蓝鲸迅速向这些白帆游去。一路上，它唱起了悠长而悲凉的歌。

女孩抱着蓝鲸的眼睛,坐在那块高高的礁石上。

蒙在她眼睛上的那层浓雾被撕开了,世界变得多么美好。

蓝天,阳光,飞鸟,大海,白浪……

透明的腥风吹着她怀里的蓝色鲸眼,她心灵深处那片海,波浪更轻更柔了。

"蓝鲸啊,我在这里等着,你不来找你的眼睛吗?"

恐怖,旋风般地席卷了整个渔村。

渔村里所有出海的渔船,无一例外地倾覆在大海里。

从海里逃生的渔民们惊慌地来找爷爷。

"我们先是听到一头蓝鲸在远远的地方叫,好像在喊冤。后来,看见它一边叫着一边飞快地向我们的船队游来,我们都没在意——蓝鲸是从来不作恶的。当它游近的时候,浪涌得特别大,所有的船都乱摇起来。

"突然,它的头钻下了水,尾巴翘了起来,向我们的船拍过来。它每拍一下,就有一条船被拍成了碎片,我们还没明白过来,所有的船都已被打成了碎片,我们全都掉进了海里。

"大家惊慌地抱住断桅残片,拼命地往回游。它没有追来,只是停在那里,一动不动地看着我们,一声声叫着,叫声又闷又长。

"大家拼命地游啊,游啊,都在心里叫:老天保佑,

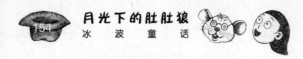

千万别让我们遇上鲨鱼!

"可是,最怕的事情偏偏出现了。西边,海面上露出了好几把黑黑的刀,向我们飞速地劈过来,那是鲨鱼的背鳍啊!我们遇上鲨鱼群了。大家的心都冰凉了,连叫喊的力气都没有,只有等死了。

"鲨鱼快要靠近我们的时候,海水翻腾起来了,冲起一丈多高的浪。突然,后面的那头蓝鲸冲上来了。快赶上我们的时候,它一个转弯,向鲨鱼群猛冲过去。鲨鱼群一下子被冲散,都惊慌地逃走了。

"大家松了口气,又拼命游,回头一看,那头蓝鲸在我们后面慢慢跟着。这回看清楚了,它是一头独眼蓝鲸,一只眼睛碧蓝,另一只是个空洞。

"后来它一直跟在后面,大概是怕鲨鱼再来吃我们。

"我们终于都游到了岸,一个人也没淹死,大幸啊。

"……可是真怪,这独眼蓝鲸一定是疯了,又要害我们,又要救我们。"

沉默。

爷爷吧嗒吧嗒地抽着烟,一声不响地听完了。他沉重地说:

"这独眼蓝鲸,它在报复。明天再派一条船出海吧,试试它还会不会再来。渔民,总得出海啊。"

海面上,那一声声悠长而悲凉的歌又传来了。

"就是它。它又在哭了。"爷爷说着,向那个用钩矛扎蓝鲸的年轻人看了一眼。

年轻人感到这目光像一把刀子,直扎他的心。他的精神崩溃了。

"是我,是我啊!我用钩矛扎了它的眼睛!"

年轻人大叫着,扯着自己的头发,痛悔地失声大哭。

没有一个人作响,都望着慢慢黑沉下来的天空。

女孩抱着蓝鲸的眼睛,坐在高高的礁石上。她迎来初升的月亮,看着第一颗星星在天空出现。

"看看吧,看看吧,这是月亮,这是星星……"女孩轻轻地对蓝鲸的眼睛说。

蓝鲸眼睛里的蓝光,旋转起来了。蓝光里,闪出了星星和月亮,闪出了海水里跳跃的光影,闪出了浮游着的绿光和斑斓的鱼群……

蓝光里,还有另一只悲哀的蓝眼睛。

女孩把它高高地举向头顶。

"蓝鲸啊蓝鲸,你来吧!你的眼睛在这里,我把眼睛还给你……"

远远望去,仿佛女孩捧着一轮蓝色的月亮。

报复的火焰在蓝鲸的心里燃烧着,海水也仿佛是滚烫的。它觉得身体要爆炸。

然而,它又感到有一只温柔的小手在轻轻安抚它的心,

有一双清澈的眼睛在凝望着它的眼睛。

它还时常朦胧地感到,自己变得很轻很轻,躺在一片温柔的波浪上,慢慢摇、轻轻晃……

一条帆船出海了。

船上,就只有那个年轻人。

是我惹下的祸,就由我一个人来担当。我愿意做这一次鱼饵,只要以后的渔船不再受到它的侵扰。报复我吧,蓝鲸!我等着你来。那双眼睛已经变得更美丽了,我不再需要别的了。你来吧,蓝鲸!

年轻人把帆船停在老地方。

他摸出了一把匕首。刀锋上,白森森地闪着寒光,像鲨鱼的牙齿,像那支钩矛。

这次也是等蓝鲸来,可他的手丝毫也没有颤抖。他那紫红的脸,像庄严的古铜钟。

一声声悠长而悲凉的歌,唱起来了。

蓝鲸悄无声息地游近了。

年轻人闭上眼睛等待着。

蓝鲸的头钻进水里,油亮亮的,线条优美的尾巴翘了起来,沉重地拍在了帆船上。"轰"的一声,帆船立刻变成了碎片在空中飞溅开来,散落在水中。

年轻人的头浮出了水面。蓝鲸的独眼冷冷地看着他。

水面上,露出了年轻人的手臂;手上,紧紧握着那把

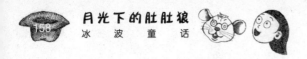

锋利的匕首。

"蓝鲸啊,我们的账清了!"

年轻人把匕首插进了自己的胸膛。

海水红了一大片,云雾般缭绕着。年轻人的头仰着,在红云般的血水中,望着天空缓缓下沉。

那双美丽的大眼睛,充满了整个天空;纯洁、善良、清澈、温柔的大眼睛,那女孩的眼睛啊。

蓝鲸惊呆了。

它无声无息,默然不动,那首悠长而悲凉的歌,再没有唱。它的那只独眼,忽然间变得很蓝很蓝,闪闪跳动出来的,是那种最纯净的蓝光。

洗净一切污浊的鲸眼,才会有这种最纯净的蓝光。

整个渔村在不安中静静等待着年轻人的归来。

四天过去了,年轻人一直未出现。谁也不会知道,年轻人已经用匕首与蓝鲸清了账。

这四天来,蓝鲸也没再叫过,它的沉默更令人害怕。

恐惧,像飓风一般袭击着人们的心。

不能再出海了!渔船默默地空躺在海上,像被扔掉的鞋子。

爷爷把全村的船老大召到了自己家里,他要召开一个生死攸关的会。

爷爷握着烟袋,缓缓地说话了。他的眼睛不看众人,凝望着远处。

"蓝鲸的报复升级了,它不让我们再出海,我们就要失去大海了,可我们是渔民啊!该把这事了结了,我们必须把它杀死!"

了结?谈何容易!对方是蓝鲸啊!

"它的一只眼睛在我孙女手上,把这只眼睛弄死,蓝鲸就会立刻死去。"

船老大们面面相觑。弄死那眼睛,女孩的眼睛就会瞎掉的。可那头蓝鲸不死,渔民就不存在了。

"今天夜里,把那只眼睛埋了。"

爷爷的声调平静、沉稳,可却像个闷雷。船老大们都说不出什么话,屋里静得仿佛空气凝固了。

半夜里,女孩睡着了。蓝鲸的眼睛就放在她的枕边。

爷爷悄悄地捧走了它。

门外,船老大们在静静地等着。爷爷双手捧着蓝鲸的眼睛,走在最前面,船老大们一溜儿跟着。他们,仿佛是一支默默的出殡队伍,怀着敬畏,也怀着悲哀。

月亮,看上去是那么苍白。

船老大们挖好了一个土坑。爷爷亲手把那只眼睛放了下去,铲上了土,压平了。

他们默立着,庄严地低头对这眼睛——这天上的神的眼睛——默默致哀。

月亮躲进了云层里。

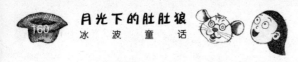

这时,远远的海面,滑过来一阵短促的叫声,叫声是那样的凄惨,竟没有一丝愤怒和绝望,只有凄惨。

一阵凄惨的叫声,刺破了女孩的梦。

枕边的蓝眼睛不在了!

她的双眼,重又变得模糊,仿佛整个世界被裹在了浓雾里。

"爷爷,爷爷!"女孩尖叫着,"蓝鲸的眼睛呢?"

爷爷走进门来:"埋了。"

啊?女孩像遭到了一下猛击,呆住了。爷爷成了一个陌生人。

"怎么能埋掉它呢?这是蓝鲸的眼睛啊!它是活的,活的啊!爷爷!"女孩的眼泪夺眶而出。

爷爷是聋了,哑了,他好像听不见女孩的哭喊。

"我每天抱它去看月亮,看星星,让它吹大海的风,就是为了让它活着;我每天抱着它在海边等蓝鲸,是为了把眼睛还给它。它爱它的眼睛,不能没有它呀,爷爷……"

女孩跪了下来,苦苦地摇着爷爷。

"你说过,蓝鲸是天上的神,渔民不能冒犯的呀!"

海面上凄惨的叫声一阵阵传来。女孩的泪眼模模糊糊。爷爷的脸抽动了一下。

"我只能告诉你,"爷爷木然地说,"它埋在村头,你自己去找吧。不过要快,那眼睛很快就会闷死的……"

女孩伸开双臂,像瞎子一样向门外摸去,跟跟跄跄地投进黑暗里。

爷爷深邃的目光投入星空,自言自语:"善的恶的我都做了。她近乎是个盲人,能不能找到蓝眼睛,那就是神的意志了……"

天上的月亮,看起来仿佛正在变蓝。

村头,那是一片没有具体界限的大地方。这淡淡的月光,对她近乎瞎了的眼睛,又有什么用。

她怎么能找到埋在地上的蓝眼睛啊。

她在地上摸着,爬着,无数次地摔倒,细小的手指在泥土里乱挖,鲜血滴滴渗进黑土里。

女孩几乎绝望了。

"蓝鲸的眼睛啊,你在哪里?告诉我……我的眼睛看不见啊……"

她的眼睛,突然跳出了一朵微弱的蓝火。

她跟着这朵蓝火,在后面急急地爬着。

爬呀,爬呀,蓝火跳到了村头那棵大榕树下,消失在悬挂下来的密密的气根丛中。

榕树下的一块土地上,发出了一圈蓝蓝的光晕。女孩小心地挖下去。

此时,海面上那一阵阵凄惨的叫声,正在弱下去。

……终于,女孩重又把它抱在怀里了,这黑乎乎的,

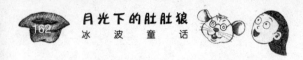

沾满了土的蓝鲸的眼睛。

它还活着,因为蓝鲸还在叫。

女孩喜悦的泪水,点点滴在这眼睛上,冲洗着那上面的泥土。

蓝鲸的眼睛,又慢慢亮出了蓝光;女孩的眼睛,又慢慢变得清晰……

蓝鲸在轻轻地呻吟。

痛苦的窒息已经过去。空气又变得那么清新。

它仿佛自己又变成了那轮蓝月,躺在那片温柔的海里,慢慢摇,轻轻晃……

女孩奔到了那块高高的礁石上。下面,海浪在峭壁上拍打出飞溅的白沫。

她高高地托起蓝鲸的眼睛,对着大海呼唤:"蓝鲸啊蓝鲸,快来要你的眼睛啊!"

远处,浮动着一个蓝灰色的岛屿,岛上洒满了银灰色的星星,闪烁着一团晶蓝晶蓝的光。

啊,那是蓝鲸来了!

一首悠长而舒缓的歌,款款地流入了女孩的心田。那是蓝鲸唱给她的歌。

女孩高高托着的蓝眼睛,骤然亮了起来。纯净的蓝光,照亮了大海,照亮了渔村,照亮了这个世界……

女孩把这蓝色的月亮,投进了大海。

它浮在海面上,轻轻漂浮着。海水一片纯蓝。

那首悠长而舒缓的歌，又唱起来了。歌声中，那只蓝眼睛忽然不见了，那个漂浮的岛屿也忽然不见了，而歌声越来越悠远，仿佛飘进星光灿烂的夜空里去了。

　　大海，异常地平静温和。

　　一个沉沉的声音在女孩的身后响起。

　　"它的眼睛已经洗去了一切污浊，灵魂升到天上去了。"

　　啊，是爷爷站在她背后。

　　女孩的眼睛是那么清澈、明亮、温柔、纯洁。

　　"蓝鲸把眼睛留给了你……"爷爷说。

　　"还有大海、月亮、星星，还有……那个不能回来的年轻人……"

　　女孩睫毛上闪着两颗透明的星星。

　　"让这世界的一切美好，天天洗着你的眼睛。"爷爷说。

　　他满脸的皱纹在颤抖。

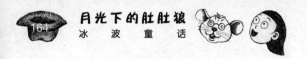

永远的萨克斯

坐在树洞前,巴可又在吹他的萨克斯了。

巴可是一只棕熊。

早晨的太阳照在他不太好看的脸上。他的鼻子太短,嘴巴又太宽。他不太聪明,而且,性情太温和。

"你这样的熊是不太招别的熊喜欢的。"

这句话,是住在不远的那只熊姑娘米都对巴可说的。当时,巴可听了这句话,并不难过。他觉得米都说得对。那时候,他还在学吹萨克斯,吹得很难听。

米都是一只很漂亮的熊,她长得很结实,眼睛很亮。鼻子尖总是湿漉漉的,看起来很健康又很顽皮。

巴可吹了一阵,停下来,朝右前方看看。米都就住在那个方向。

"我今天吹的是一段新曲子,说的是萤火虫因为太伤心,满天乱飞,飞着飞着就变成了天上的星星……不知她听到了没有……"

巴可想。

米都在那里吃她的早餐蜂蜜粥,大概有一点粘在鼻子上了,她正伸出舌头,使劲儿舔着。

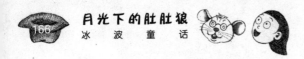

米都一边满意地舔着鼻子,一边向巴可走过来了。

巴可故意装作没看见,还是吹着他的萨克斯,其实心里很高兴。

"吹了这么久,你不饿吗?"米都站在他面前,问道。

巴可摇摇头。"不饿。"他心里却在想:她的鼻子真好看。

"你的萨克斯吹得越来越好了,我很喜欢。"

"我今天吹的是……"

"是一支新曲子,我已经听出来了。里面好像有星星的感觉。不错,挺好的。"

"是吗?"巴可很高兴,想把整个故事讲给她听,"嗯,曲子里……"

"再吹一支新曲子听听。我很爱听。"米都打断了他。

巴可有点遗憾。

"新曲子?我想想……"

一棵在风里抖动的小草,心里有很多地渴望;

一只淋在雨中的兔子,在等他的信;

一个长在树缝里的蘑菇,想到远方去旅行……

米都忽然站了起来。

"对了,我得去看看我种的菜了。把新曲子留着,我要听的。"

她很快地往前走了。

巴可看着她的背影,抖动的小草、雨中的兔子、树上的蘑菇全没了。

巴可呆了一会儿,又把那支萤火虫变星星的曲子吹了一遍。

好像没有第一遍那么好听了。

这时候,离巴可不远的那个小树洞里,有一双黑亮的眼睛闪着。

那是一只果狸,也是巴可的邻居。她总是默默地听着巴可吹萨克斯,从来也不说话,只是瞪着她那双黑亮的圆眼睛。那双圆眼睛,会随着曲子,一会儿清澈,一会儿恍惚,一会儿朦胧,一会儿迷幻。不过,巴可从来没有注意过。

"可爱的小果狸,也不知她听懂了没有。"巴可在心里想着。他觉得,最能听懂他曲子的,只有米都。

"我很喜欢米都。"巴可对自己说。

"你这样的熊是不太招别的熊喜欢的。"巴可想起了这句话。

他忽然感到心里很难过。

傍晚。巴可抱着萨克斯,望着天上一朵忙乱飘着的灰云。

巴可沉浸在他的构思里。

米都小鼻子湿漉漉的,款款地走来。

"巴可,我想听你吹萨克斯。"

她双手支着下巴,眼睛溜一圈,又天真又温柔。

"吹吧,巴可,吹吧。"

巴可提起了萨克斯,吹了起来。

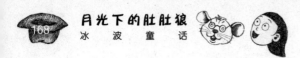

掉在岩石上的一片枯叶,思念着它的青色的树枝;

一滴青苔上的水,掉到了静静的水潭,再也找不到自己;

大海上的一叶帆,努力漂向永远够不着的月亮……

小树洞里,果狸那双黑亮的眼睛,一会儿清澈,一会儿恍惚,一会儿朦胧,一会儿迷幻。

巴可吹着,他已经忘记了米都的存在,甚至忘记了还有自己。他仿佛整个生命已变成了那支萨克斯。

"啪。"

巴可从梦中醒来似的,才知道,他的脸上已经被米都亲了一下。

"巴可,你吹得太好了。真让我感动……"

米都说着,两滴眼泪流下来了。

巴可也被她的话感动了,差一点也要掉下泪来。他觉得自己从来没有吹得像现在这么好过。

巴可的心里,仿佛是一支欢乐的萨克斯。

"米都,米都,我……"

米都用她的手掌,盖住了巴可想说的话。

"巴可,你的曲子,使我想起了……想起了……"

"什么?"

"想起了……"

"什么?"

"他。"

"他?"

沉默了,谁也不说话。

小树洞里,果狸那双黑亮的眼睛,朝他们看着。

终于,米都说话了。

"昨天他来找我,就是山后那年轻的熊,他叫我住到山后去。我……我不想去,他就火了,踢了我一脚,走了。可是,可是,不知为什么,我现在……挺想他的……"

"……"巴可不知该说什么。他只看见,米都的鼻子,现在变得很干。

"巴可,没有一只熊能像你这样吹萨克斯这么好。你真招人喜欢。"

巴可看见,米都的鼻子干得发白。湿漉漉的鼻子不见了。

这时候,响起来很重的脚步声。

一只高大、年轻、健壮的棕熊出现在面前。

他厌恶地看了一眼萨克斯。

"米都,你怎么又在这里?你到底跟不跟我去?"

米都默默地站起来。

米都跟他去了。

巴可低下头,不去看他们越来越小的身影。

眼睛黑亮的果狸从树洞里出来,轻轻走到巴可的面前。

萨克斯在月光下闪着黄色的亮光,恍恍惚惚的。

果狸轻轻地摸了摸萨克斯。

"巴可,我也想有这么一支萨克斯。"

巴可呆呆地看了果狸一会儿,忽然吼起来:

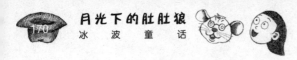

"萨克斯有什么用?萨克斯有什么用?"

巴可把萨克斯重重地往地上一摔,噔噔噔地走了。

果狸被吓了一跳,看着扔在地上的萨克斯,不知怎么办才好。

过了好一会儿,果狸抱起地上的萨克斯,试着吹了一下。

"噗——"

那声音,就像是呜咽。

当巴可再次看见萨克斯,是在他自己的树洞口。它浑身闪着亮光,显得神采飞扬。萨克斯下面压着一张字条,上面写着:

巴可,萨克斯里面有你的生命,别丢了它呀。

那是果狸放在那里的。她已经用毛把萨克斯的每一个角落都擦过了。

巴可拿起萨克斯看了看,轻声嘟哝着:"萨克斯里面有你的生命,萨克斯里面有你的生命……"

终于,巴可摇了摇头。

"我已经没有生命了。要它干什么。"

巴可在地上掘了一个坑,把萨克斯放进去。当把土埋上去的时候,巴可才明白,他如醉如痴地吹萨克斯,原来都是为了给米都听的。

现在米都已经不在了,萨克斯也用不着了。

巴可呆呆地坐在树洞口的时候,对面的小树洞里,果狸那黑亮的眼睛，一直看着他。

那双黑眼睛很忧伤。

从此以后，巴可完全变了。

他一天到晚蓬头垢面，在地上躺倒就睡，醒来了，随便在土里挖点什么就吃，嘴里老是哼着："到处流浪，到处流浪……"

果狸的那双黑亮的眼睛，再也不看他了。

有一天，巴可忽然想起来：咦，怎么不见小果狸了？她到哪儿去了？

他去那个小树洞里看看，里面空空的，果狸早就搬走了。

"她一定是讨厌我这个叫花子一样的熊，哈哈。都走吧，都走吧，剩我一个，死在这里，烂在这里！哈哈哈！"

巴可这么对自己说着，又哼着曲子走开了。

"到处流浪，到处流浪……"

他已把萨克斯忘得干干净净了。

巴可已不知道时间过了多久。

一天夜里，巴可睡在他的树洞里。树洞里发出一阵阵霉气，但巴可是无所谓的，依然睡得很死。

在梦里，巴可听到了萨克斯。

掉在岩石上的一片枯叶，思念着它的青色的树枝；

一滴青苔上的水，掉到了静静的水潭，再也找不到自己；

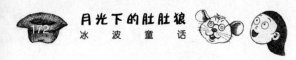

大海上的一叶帆,努力漂向永远够不着的月亮……

巴可醒来,发现自己眼睛里全是泪水。

他不知道自己的泪水是因为难过,还是因为高兴。他以为自己完全忘记了的萨克斯,又那么真切地响了起来。而且,这曲子,就是在他最有才气的那段时间里创作的。

他知道自己原来还是爱着萨克斯的。

可是,巴可的梦醒了,那曲子却还在奏着。不是萨克斯,而是更幽远一些的长笛。

那声音,就是从对面的小树洞里传来的。

巴可跳了起来,奔出去。

是果狸在小树洞口吹着长笛。

果狸停下来,看着巴可。

"巴可,我到很远的地方学长笛去了。"

"我……"

"巴可,我吹的全是你创作的曲子。"

"我……"

"巴可,你不吹你的萨克斯了吗?"

"我……"

"巴可,你知道每天的太阳都是新的吗?"

巴可把头低下去了。

仿佛有电在身体里奔流,巴可一转身,朝自己的家门口跑去。

他在地里挖起来,挖那只埋在土里的萨克斯。

可是,土下面没有萨克斯。

巴可开始发疯似的在地上乱挖起来。一会儿就挖开了一大片土。

果狸走到他的面前,一道金黄的光一闪。

"这是你的萨克斯。"

果狸的手里抱着那支萨克斯。这只铮亮的萨克斯,每一道缝隙里都是铮亮的。

"我每天都擦它的。"果狸说。

巴可忽然发现,这么多天不见,果狸已经变得这么漂亮了。

"果狸,你……"

"什么,巴可?"

"你为什么要学长笛?"

"因为,长笛里有我的生命。"

"你以前就能听懂我的曲子?"

果狸低下头,说:"是的,我都懂。"

他们一边说着话,一边往山坡那边走去。那里,月亮已经升起来了。长笛和萨克斯,都在月亮下闪出神气的光,一道金黄色,那是黄铜的萨克斯;一道银白色,那是白银的长笛。

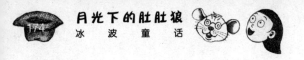

火龙

这是很久很久以前的事了。

有一年的冬天,非常非常的冷。大雪不断地下着,好像要把整个世界都掩埋掉。

"冷啊,冷啊!"

大地上所有贫苦的农民都躲进他们的茅草屋,大家抱成一团,互相取暖。他们舍不得烧火取暖,因为柴只够用来烧饭呀。

"冬天快过去吧,冬天快过去吧!"农民用抖抖的声音在心里祈祷。

可是,冬天没有过去,更可怕的事情发生了。

天上那个太阳,颜色越来越淡,慢慢地变成了灰白色,好像一只巨大的死鱼眼睛。

"天啊,太阳好像要灭了!"

一种不祥的预兆把人的心都冻住了,——世界的末日快要到了!

冷啊,冷啊!一切会流动的东西全冻住了。为了不被冻死,农民们把柴都取出来,点火取暖。

熊熊的火,在每一户人家家里烧着,带给人们一点温暖,

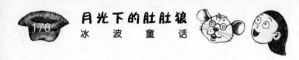

一点希望。

在北方的深山里,住着两条火龙,火龙妈妈和她的儿子小火龙。火龙是长得很丑的,杂乱的胡子像乱稻草,粗硬的鳞片像破瓦,人见了会害怕。就因为这个,火龙妈妈才带着孩子住到了深山里。火龙不会像别的龙那样会呼风唤雨,他们只会吃火和吐火,在龙里面,这本领真不值一提。

"妈妈,我冷。"小火龙对妈妈说。

妈妈向天上望了一眼说:"是啊,天上的太阳快灭了,地上的人们会冻死的。孩子,你去把太阳点着吧。"

"好的,妈妈。"

"孩子,"妈妈又说,"要点着太阳,你肚子里那一点火是不够的,你要到人那里去找火吃。可是,吃火肚子会难过的……"

"我知道,妈妈。我走了,妈妈。"

小火龙往上一跳,向前游去。

"孩子,千万别伤害善良的人呀……"

后面传来了妈妈的嘱咐。小火龙在心里回答:"我懂的,妈妈。"

当火龙从窗口冲进第一户人家,可把里面的人吓坏了。

"对不起,我要去点太阳,请给我吃点火吧。"小火龙说。

小火龙不知道,他的话,人是听不懂的;人说的话,他也听不懂。

"对不起,我吃啦。"小火龙趴到那堆火上,大口大口地往肚子里吞火。

人们从害怕变为愤怒:火,是人活下去的唯一依靠,这条可恶的龙,却把火给吃了!

人们拿出了锄头、铁锹作武器,扑向小火龙:"打呀,打呀,打死它!"

锄头、铁锹像雨点一样落到小火龙身上,尾巴被扎伤了,鳞片被挖下来好多,鲜血在往外流。可是,小火龙忍着痛,趴在那里吃火。

吃完了这一家的火,小火龙又游进另外一家去吃火。

"对不起,给我吃一点火吧。"小火龙每一次都这样说。

可是,人们总是拿出各种武器,砸他、刺他、挖他的鳞片。

小火龙只要回头稍微吐点火,就可以把人烧死,把人的屋子烧掉,可他不这样做,他只要吃火,吃火。

到过好多好多人家,吃过好多好多火,小火龙浑身是伤,逃到了一座山里去休息。因为,游到太阳旁边去吐火,需要很多的力气。

身上的伤好痛啊,肚子里的火,烧得他好难受啊。小火龙觉得很委屈,他哭了。

死鱼眼睛一样的太阳,越来越昏暗了。大白天也暗得像夜晚。

人们抬头望着天,心里充满了企盼,也充满了悲哀。

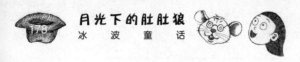

没有了太阳的世界,将是一片死寂和冰冷。

忽然,人们看到,那小火龙从远处的山里向空中腾跃而起,在天上蜿蜒游动。人们都屏住了呼吸。

那是一个很壮观的景象:小火龙摆动着他的尾巴,正向太阳游去。他显得那么强健,那么英勇。他就像人们崇拜的神龙。

人们在想:小火龙要干什么?

小火龙游近了太阳。他向太阳张开了他丑陋的嘴巴。

一条长长的、耀眼的火带,呼呼地飞向太阳。"轰"的一声,太阳被点着了,放出了红色的光芒。

明亮的太阳,照耀着整个世界,送来温暖和生机。

人们忽然明白过来:小火龙吃火,是为了把太阳点着啊。可我们还要打他、骂他。每个人都感到非常后悔。

人们一边欢呼着太阳那新的燃烧,一边呼喊着:"火龙,火龙,我们对不起你啊!"

喊声把大地都震得颤抖了。

可是,小火龙听不懂人的话,他以为,人们又在骂他、赶他了。真的,他已经被人骂怕了,打怕了。

小火龙看了一眼明亮的太阳,尾巴一甩,逃回北方去了。

伤痕累累的小火龙,筋疲力尽的小火龙,终于回到了深山,倒在了妈妈的怀里。

"妈妈,我身上痛啊……我累啊……"

小火龙在妈妈的怀里哭。是啊,小火龙还只是个孩子啊。

"妈妈,我把太阳点着了。"

"是的,妈妈看见了。"

"妈妈,我没伤害人。"

"是的,孩子,妈妈知道。"

火龙妈妈的一滴眼泪,掉在她怀里抱着的孩子脸上。

小火龙睡着了。他太累了。

太阳的光辉,把春天带给了人们。冰雪融化了,草木抽芽了,大地苏醒了。世界多么美好。

人们,对火龙充满了感激。

男的,女的,老的,小的,大家都搬出了家里的柴火,点起了火堆。

整个大地,铺满了一个个熊熊的火堆,是那么壮丽。

所有的人,都仰起他们的脸,朝天上齐声呼喊:

"火龙,火龙,你下来吃火吧!火龙,火龙,你下来吃火吧!"

喊声震动了整个大地,一直传到北方的深山里。

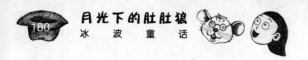

猩猩王非比

×月×日　非比被捕。这是一只猩猩王，体格强壮，脾气暴躁，从初步的智力测验看，它的智力高于一般的猩猩。从今天开始，它将成为我们"猩猩进化实验"的实验对象。

×月×日　非比习惯了吃熟食，并学会了使用刀叉和筷子。

×月×日　非比学会用火柴，能用火柴点燃柴火。

×月×日　非比学会使用工具，并学会制造简单工具，如钩取食物的钩子。

×月×日　我们惊奇地发现，非比居然有了羞耻感。我们特意为他制作了衣服。

×月×日　我们为他播放了模拟森林的音响，非比听后流了泪。是不是勾起了他的思乡之情？

×月×日　非比从关他的房间里逃走了。从现场发现了一些工具（这些工具是非比平常搜集的，未被我们注意到），这是一次有预谋的逃跑。实验被迫终止。

——摘自实验日记

高大、强壮的大猩猩在山里面跑着。他就是非比。

我要回到我的猩猩群。他身上的长毛，在他的高速跑动

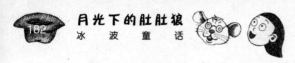

下,向后飘着。他的两只长臂甩得幅度很大。他们在哪里?我的黑猩猩群在哪里?他警觉的眼睛发着光,四处看着。

灌木丛的枝叶,打在他的身上,哗哗地响着。

他攀上了一棵巨大的樟树,向四周看着。这里,就是我们经常活动的区域。可是,看不到猩猩活动的踪迹。

"嗷——"

非比张开他的大嘴,吼了起来。这声音,低沉、有力,可以传出很远去。他们都熟悉我的声音。以前,只要我一声呼唤,他们都会争先恐后地跑来。可是,没有动静。

一棵小树枝不易觉察地动了一下。从树枝后面,露出了一张神色诡秘的脸。是一只年轻的母猩猩。她差一点要惊叫出来。

啊,是他回来了,非比!

可是,那母猩猩忽然失去平衡,向后倒在地上。显然是有另一只猩猩用力地拉了她一下。

他是谁?竟然这么无礼。她可是猩猩群中最美丽的。从前,我最爱的就是她。年轻、活泼。

从树丛里,站出来一只猩猩。他虽然没有非比长得高大,但也是结实、剽悍。他站到了非比的面前,和他面对面。

"非比,欢迎你回来。从今以后,你要听从我的命令。"那猩猩说。

"莫里?看来,我不在的日子,是你在临时负责猩猩群?很好,从今天起,你可以休息了。"非比冷静地说,声音里透着往日的威严。

沉默。他们面对面站着，全身的肌肉鼓着。仿佛空气刹那间凝固了。

从树后面、大石头后面，露出了很多猩猩的头。他们都是这个猩猩群的成员。现在，他们都漠然地看着这一切。既没有露出对非比归来的惊喜，也没有露出对莫里的拥戴。他们只是看着眼前将要发生的一切。

莫里的双掌在自己的胸前擂起来。砰砰的声响，仿佛一只沉闷的鼓。这是他在发出决斗的信号。

非比也在自己的胸前擂着。

有两只尚未成年的小雄猩猩，此刻兴奋起来了。他们的双掌在地面上拍着，嘴里发出呐喊。

非比和莫里开始了决斗。这是一场残酷的决斗。

莫里比非比更年轻，体魄更强健，他的双臂挥舞起来，速度更快，力量更大。莫里的眼睛里冒出火一般的愤怒目光，他要维护自己好不容易才得到的权力。

非比的力气看来不如莫里，他在实验室里待的时间太长了，他的爆发力和耐久力，都大大不如从前了。这是怎么回事？莫里以前也曾想得到王位，但是他根本不是我的对手。可现在……

面对莫里疯狂的进攻，非比只有招架。不行，再这样下去，我就要失败了！

猩猩的决斗，只是用手掌的拍打，可是，面临失败的非

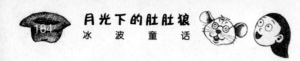

比想起了人类的拳头。他将手掌攥成了拳头,向莫里打去。可以看出,莫里对非比用拳头进攻吃了一惊。拳头比手掌可厉害多了。但是莫里凭着自己年轻,死死地忍受着非比拳头的猛击。

莫里的忍受力使非比也吃了一惊。

忽然,莫里迎着非比的拳头,猛冲上来,用力一推。这股力量太大了,非比仰面倒了下去。

莫里跑上来,提起大脚要踩下来。

我完了!一股冰凉的感觉从非比的心底里冒了出来。

忽然,非比撑在地上的手,摸到了一根木棒!他一把抓起来,向莫里挥去。

木棒在空中发出了呼呼响声。

莫里的腿上挨了重重的一击。他"嗷"的一声叫,倒在了地上。

莫里的腿被打断了,鲜血像泉水一样往外冒。他怎么也没有想到,非比到底是如何战胜了他。他不能理解木棒可以作为手臂的延长,而非比却知道木棒可以作为他的武器。

莫里的眼睛里,满是愤恨和疑惑。

非比看着再也没有反抗能力的莫里,扔掉了手里的木棒。

"嗷——"

非比又发出了从前一样的喊声。

随着这一声喊,所有的猩猩都出来了。他们向他围过来,表现出了最大的顺从。这时候,猩猩们的眼里,才流露了出惊喜和快乐。

"非比大王!"那只最美丽的母猩猩跑到了非比的跟前,显得又亲热又温柔。

"非比大王!"

所有的猩猩都同声叫道。

远处,莫里躺在地上,无力地、绝望地呻吟着。在他的身下,是一大摊血。

所有的猩猩,没有一个去看他一眼。

"我永远是你们的大王。"非比平静地说。那只最美丽的猩猩,走过来,在非比的背上翻他的毛。他现在感到了极大的满足。

夕阳的光辉,照在猩猩的身上,暖暖的。

非比站起来,向前走去。所有的大小猩猩顺从地在后面跟着。莫里此刻已没有了愤怒,只有顺从。他拖着受了重伤的腿,在后面困难地跟着,一条长长的血迹,拖在他的身后。从今以后,他将在非比的统治下,顺从地生活。

猩猩群里又恢复了平静。这时候,大家才看到,走在最前面的非比,他看起来是那么怪。在他的身上,有一种莫名其妙的东西。这东西,使猩猩们感到不安和恐惧。

那是非比身上穿着的一条短裤。尽管它已经破烂不堪,但非比不肯脱掉它。而整个猩猩群却不知道那是什么。

太阳落下山去了。随之而来的是黑夜和寒冷。

看到非比没有搭窝,猩猩们也不敢动。在猩猩群里,只有猩猩王开始搭窝,猩猩们才可以准备睡觉。

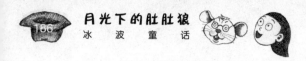

非比看着大家迷惑不解的眼神,从他破烂的裤兜里,摸出一件小小的东西。

那是一盒火柴。

非比站起来,到树林里去走了一圈。回来时,怀里抱着一大捆柴火。

猩猩们迷惑地看着他。

非比划着了火柴,点起了一堆火。我得教会他们用火来取暖。

火堆发出劈劈啪啪的响声。

猩猩们先是惊恐地看着火,随之发出一声喊,一下子全跑光了。对于他们来说,火是比猛兽更为恐怖的东西。

莫里也拖着伤腿,跟在大家的后面跑。

非比感到了极大的不屑和气愤。真是一群笨家伙,连用火来取暖都害怕。不过,我以前也害怕过……

"嗷——"

非比发出了权威的呼唤。他要让猩猩们回到这里来。

猩猩们躲躲闪闪地回来了。

"都坐下!这叫火,记住,它既可以取暖,也可以吓跑猛兽……"

他们虽然感觉到了火的温暖,但是,这种温暖,正是他们所害怕的。

猩猩们看着非比,觉得他再也不是从前那个勇猛、强壮的猩猩王了,他变得陌生,变得可怕。他的身上有一种深邃的、阴森森的魔力似的。

火光映在猩猩的脸上，他们的眼睛里闪烁着的是恐怖和不安。

非比严厉地看着猩猩们。慢慢的，他们会习惯的。

第二天，猩猩们在火堆旁度过了一个担惊受怕的长夜之后，一个个都显得很神经质，不断地乱跑乱跳，还不时发出莫名其妙的尖叫。

莫里却没有动，大概是他腿上的疼痛正在折磨着他。但是，他似乎在沉思着，静静地看着非比的一举一动，目光很锐利。

哼，不用这么看着我，莫里。用火，这还是第一步，下面还有……非比想着。

非比走到一棵芭蕉前，扯下了几张大叶子。然后，他又扯下了一把干草茎，一头缠在脚趾上，用他的大手搓着另一头。慢慢地，在他的手里，出现了一根长长的绳子。

他用绳子在芭蕉叶上穿着。我要为最美丽的母猩猩和别的年轻母猩猩做草裙。

当非比拎着草裙，向母猩猩们走去的时候，几只母猩猩害怕得互相抱在一起，好像有什么灾难要降临了似的。就连那只最活泼的、最美丽的母猩猩，也吓得在发抖。

"穿上它们吧。"非比对母猩猩们说，并亲自给她们围在了腰上。

母猩猩们一动也不敢动。

当几个母猩猩都穿上了草裙，非比才退到稍远一点的地

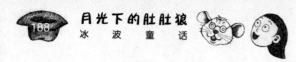

方,看着她们,欣赏着她们。

可是,母猩猩们却感到极大的不自在,这个草裙围在她们的腰上,稍微一动,草裙就会发出声音,使她们感到恐惧。

"呜……"母猩猩们发出了受抑制的、轻轻的呜咽声。她们觉得受到了侮辱。

几只年轻的雄猩猩,慢慢地、谨慎地向母猩猩们靠近,用他们的手在她们的背上抚摸着,安慰着她们。

莫里也向她们投去了关切的眼光。

她们会习惯的。非比想。

整整一天,猩猩们失去往日的欢闹,一个个都垂头丧气,坐在那里没怎么动,似乎在哀愁中受着煎熬。

莫里拖着沉重的腿,慢慢地爬向母猩猩们。在离她们很近的地方坐下来。有莫里在身旁,母猩猩稍微安静了一些。

莫里的眼睛望着远处,夕阳在他的脸上涂上一层浓浓的金色,使他的表情显得刚毅了许多。

似乎可以听到,他的喉咙深处,正在发出低沉的哼声。那是雄猩猩特有的一种力量和信心的象征。

哼,可怜的失败者。他还想干什么?非比根本不拿正眼瞧他。

傍晚,天开始黑下来了。

非比又点起了篝火。

莫里也在篝火边烤火,但是,他的喉咙里,一直在响着那种低沉的哼声。他的腿已好了一些,能够慢慢地活动了。

他在母猩猩的身边坐着，用手抚摸她们。

奇怪的是，母猩猩们显得特别地安静，好像她们已经不再害怕身上的草裙了。

非比舒适地躺下来。我知道，她们会习惯的。明天，我还要教她们用水洗澡……

非比睡着了。

森林里的夜，多么安静。在不知不觉中，时间正在慢慢地流逝。

第二天早上，非比醒来了。

什么？这是怎么回事？

非比大吃一惊。他被眼前所看到的景象惊呆了。

猩猩群不见了，昨夜还在他身边的那么多的大小猩猩，现在都不见了。一个也没有了！在他的身边，整整齐齐地放着他亲手编织的草裙……

猩猩群离开了他。

他们抛弃了我……

他一下子觉得非常地累。

森林里，动物们常常能看到一只猩猩，他已不再强壮，似乎老了许多。腰里总是围着用芭蕉叶穿成的草裙，步履艰难地走着。

他就是昔日的猩猩王非比。

他很孤独。